塵砂追憶
［合眾為一］ Hero United
Vol.04
作者 亞次
繪者 Co

CONTENTS

【序章】 迫降

二〇三四年六月三十日　北美洲近東岸上空

有如雷神降下的裁罰，刺眼的閃光包裹著雜亂的黑夜。
稀薄的空氣令人難以呼吸，震動讓人抓不著方位。
我緊抓著扶手，試圖撐過已經不知道第幾次劇烈的搖晃。眼角餘光只能瞥見迷你機窗的外頭，除了不斷撞擊裂散的雨水外，空無一物。
原本是真的黑得空無一物。
但現在添上了火光的輪廓。
——而這火可不是用來取暖用的。
「緊急修復系統沒有在運作嗎!?」
「系統沒有故障！但我可沒法用念力把被轟掉的艙門補回來啊，隊長！」
「那火呢？」
「在這樣的高空，自動修復也要一段時間！」與我對話的機師驚慌答道。
我本來還想繼續開口，但眼下的問題，光靠脣舌也難以解決。
不斷墜落的雨水也拿火勢沒轍。
『亞克，你那邊狀況如何？』

「當然是很不好！」我回應通訊另一頭的紗兒，做出決定。「妳們那邊先行迴避吧，不然有下一波攻擊的話會躲不掉的！」

『但我們不能拋下……』

「紗兒，照我說的做！」

伴著機艙內彈來彈去的警告音效，不甘願的沉默蓋過了不請自來的暴雨。

『……收到。但亞克你不得不迫降的話，一定要告訴我坐標。』

「放心吧，我會回到妳身邊的。」

「……你答應我了。」

我從窗戶瞄見右翼一段距離外的另一架傾斜旋翼機，朝右下方轉出視線。那是紗兒所帶領的飛機。

「紗兒又變得更成熟了……還是說這是進入戰鬥模式的她呢？」我不禁感慨了起來，同時想到還有另一個一直沒聲沒息的人理應也在通訊裡。

「席奈，你怎麼都沒出聲！是有什麼狀況嗎？」

或許是大雨的緣故，通訊先是傳了幾聲滋滋的雜音。

『滋……呃，這個，我想說不要當電燈泡……你們最近感情不好？』

「『問題不在這裡！』」我和紗兒異口同聲吼道。

「好、好，我迴避就是！那待會見啦，指揮官大人～」

位於我所在機體左側的飛機，也往另一個方向撤去。

我嘆了口氣。「拜託有點危機意識……」

大災變奪還作戰的一年後。

我們終於得以在河口湖內戰後的整修告一段落時，返回破敗的家園啟動勘查工作，並向著下一個目的地進發。

而從三分鐘前到現在的情況，十分簡單明瞭。

我所率領的機隊自河口湖出發後，途中經過了數次補給，飛了十幾小時好不容易即將抵達目的地上空，卻在這暴雨的夜晚被突如其來的攻擊攔截。

沒有警告、沒有徵兆。

只有「那個」的「**殘響**」。

當時數枚從深邃黑暗裡冒出的對空飛彈，就這樣大剌剌衝進陣型中央，炸毀了三架護衛的僚機，並連帶把我們這邊的機艙門整面扯進夜空之中。明明先前已經確認過不存在能夠攻擊到如此高空的ＡＩ無人機……卻還是中了計。

當初該聽進白石櫻所告誡，新型ＡＩ無人機研發資料被隱藏的可能性。

而現在我們甚至不知道敵人身在何處。

雨勢逐漸消停。

「火勢已經撲滅，隊長！但引擎的損壞率已經超過一半……」

「直接低空飛行，現在已經沒閒功夫管敵人有沒有更多對空火力了！」

我艱難苦撐著身體來到駕駛座後方，飛機本身的自動修復系統似乎已進入倒數。

但沒給半點的餘裕，馬上就聽見了另一道不祥的警告音效。

我和機師對看了一眼，連話都不用說就明白事態的嚴重性。

機身再度被又一波不明的導彈鎖定了。

殘留的雨點拍上我的夏裝外衣，我緊抓著椅背大吼：

「快點迴避！」

「在做了！」

「呼嗯，余這是第一次『出國』呢……到了海外都是這麼刺激的嗎？」

我翻了翻白眼。「妳這話是在幫倒忙，希萊絲！」

這架早已被轟得東缺一塊、西缺一塊的傾斜旋翼機中，除了我、數名戰鬥人員與機師外，還有個外觀特異，並早就冷靜下來的「傢伙」。

「畢竟這個距離，感知不到敵對者，余也拿他們沒法——**聲音**消失了。」

連預測幾秒後的未來都沒辦法嗎……這個節骨眼。

「那就乖乖坐在位子上抓穩！」

真不該帶這傢伙來的，我暗自心想——但那時，我還是做出了決定。

我心意已決。

頓時，天際線的黑夜染成了紫金色。

在我們利用夜色的掩蔽匆忙趕路後，黎明即將升起。

那是足以蒸發殘雨的朝陽。

流雨飛散之間，飛機終於重新發出了完整的轟鳴，引擎高速運轉並全力迴避即將來襲的導彈群。機師將駕駛桿徐徐前推，同時用力踩住方向舵，大幅度的閃避動作將機身往底下不見底的黑暗大陸拉去。緊咬不放的導彈群接連於路徑上炸裂，一團又一團的火舌吸乾了飽含水分的空氣。

然而，就像是被燈火吸引的飛蛾一般……

「快躲開——！」

唯一一枚倖存的導彈衝破黑煙，筆直灌進了旋翼機的側腹。

撞擊、引爆、吞噬、甩出，一切都是發生於瞬間之事。

無線通訊中，有人在呼喚我的名字。

我的雙手雙腳如慢動作電影，拍打虛無的夜與晨。

失焦的眼前，從再度著火的旋翼機艙門中探出了一副身軀。希萊絲的白髮被狂風吹得七零八落。她似乎說著什麼，但視野被狂風吹亂的我，在最後還是無法讀懂她的唇語。

「希萊……」

我那少了地面支撐的身體，就此往無盡的黑夜之中失墜。

——對於大災變六年後**美國**的現狀，我們幾乎一無所知。

而這時的我們還不知道。

我們或許太過於低估早在六年前就種下的災禍。

《塵砂追憶》Ep.4 合眾為一 Hero United

【第一章】守夜人

♪旅人在悠悠流淌的小溪邊偷閒♪

♪遙想故土那片金黃斑爛的玉米田♪

收音機持續放送著音質差勁的失真樂曲，應該有人特意切到了極少數還有在運作的廣播頻率，搞不好還是地下電臺。

這種時候無線電塔還沒被炸毀可真是奇蹟。

或著應該說，還有人有閒情逸致廣播，也是不可思議。

不過應該也快了吧……這世上恐怕沒剩多少音樂可聽了。

在淺淺的夢中，我繼續放任樂音飄過我的耳際。

「喂，起來了。」

我打了個哆嗦。明明是夏季，但夜晚少了暖意的空氣，還是讓剛醒來的身體不免冷到發顫。

上頭野營帳的篷頂簌簌翻動，唯獨今晚的風特別大。

——是因為人變少了而讓附近變得空曠了嗎？

我揉揉眼，努力讓自己的意識回復正常。不到兩小時的淺眠實在是達不到「休息」的作用，但一想到眼下的狀況，自己也心知肚明不能倒回去睡回籠覺。

「傑森……」我拍了拍自己的頭讓腦機能重新上線。「今天是第幾天了？」

「第三天。妳不會是睡昏頭了吧？」

傑森・威廉姆斯——方才叫醒我的高大身影，板著一張臉，顯然沒在擔心我究竟有沒有得到充足的休息。

「唔，我還行。怎麼了嗎？會議？」

「三小時後要進行突圍，妳也該來聽一下。」

「夏洛特前輩呢？」我左顧右盼了一會兒。

夏洛特・布朗。目前這個「臨時基地」的代理指揮官，同時也是我少數真心尊敬的對象。不久前也同樣在休息的她不在這座帳篷裡。

傑森大拇指向後比了比。「她早就先過去了。結果把叫人起床的工作丟給我，麻煩死了。」

我緩緩點了點頭。「也是啊，畢竟是指揮官呢。」

還是有點想睡。我撐著地板起身，嘴硬地再爭取哪怕五分鐘的睡眠。

「那、那個……我這種底層探員有去的必要嗎？」

傑森吐了口氣，用那缺乏情調的死魚眼看過來。

噯，你嘆息也不用嘆那麼大聲吧？

「別想賴床，又不是小孩子了……喔不對，妳就是小孩子。」

他突然露出難看又假惺惺的笑臉，冷哼了一聲。

這些人就愛拿我的身材和年齡開玩笑……雖然自己也沒什麼資格說，畢竟年紀就是小了那麼一輪、身高甚至連國中生都不如。

輩分最小就是得忍受一些不合理的待遇。傑森對我還算是友善的了。

不過這不反擊一下怎麼對得起自己？

「……這種時候您還有力氣開玩笑真的太好了呢。您的**曲棍球面具**呢？」

「哈、哈。真好笑。又不是叫傑森的都是殺人魔，快走了。」他撥開帳篷門口的防水布。「而且妳也確實得去參加會議，我們現在人手就是不足到這種程度。我在外頭等妳，再不快點就等著讓夏洛特教訓妳了。」

「嗚哇……」

唯獨這件事……我用逐漸清晰的思緒想了想。

「也是。」

那個人平時性格溫柔，但發飆起來，是連傑森都會怕的類型。

拍拍臉頰振奮精神，於短袖制服外披上軍大衣，踩了踩尺寸不是特別合的長靴。

我緩步走到帳篷門口，看了眼被晾在一旁的防彈衣與配槍。

開個會應該不需要武裝吧……這麼想的同時，我擠出帳篷與傑森會合。

從休息用的營帳到集結軍官傳話的主帳篷路途並不遠。如果是以前在局內的那棟大樓，搞不好連等個電梯都得等上兩分鐘。

不過畢竟是在**臨時的地點**搭建的**臨時基地**，並且還是多個情報單位與軍隊**臨時**組成的聯合軍，陣容並不大。踏著貧瘠的草泥地，小跑步不過一分鐘就抵達了。

我同傑森進入人滿為患的帳棚內，行了軍禮並由傑森代表發言。

「不好意思，我們來遲了。」

站在最遠處空間中央的女性看見我們，投來友善但稍露倦意的目光。

「啊，傑森，還有——**艾莉緹**，妳們來了。」

已經準備好簡報的夏洛特，招了招手要我們趕快加入。

互稱名諱或許顯得不循規蹈矩，可是我們原本就不是軍事機構，尤其這種時期，也顧不了傳話總是要加上職稱或階級。

我跟在傑森的身後，試圖擠進人群的縫隙。有照過面的探員與軍官見我比較矮小，也紛紛讓出了前排的位置。

「那麼，我們就繼續吧。」

夏洛特有條不紊梳理著目前的「戰況」與接下來的方針。以昨天才上任的臨時主導者而言，假使沒有豐富的經驗與人們對她的信任，是絕對做不到這麼冷靜的指揮的。

當然，原本在這種戰亂時期接手指揮權的優先級別，在現役軍隊之後絕對不會輪到我們——特別情報局（ＵＩＡ）。在國防或情報戰的角色中，特情局頂多是支援後勤、協助邊境戒備，以及**需求較為特殊**的行動。論武裝力量，我們絕對不如正規軍或特戰部隊一樣驍勇善戰……**名面上**而言。

但正規軍團的多數將領昨天戰死了。

雪上加霜的是，特情局局長也在任務中失蹤。

而往下又沒有其他還保持著完整運作體系的單位。

在眾人陷入慌亂、軍隊結構瀕臨崩潰的當下，是夏洛特以特情局代理局長的身分，迅速統合這些殘兵敗將並力挽狂瀾。

——反抗那些將美國與整個世界搞得天翻地覆的**ＡＩ無人機**。

三天以前，也就是具紀念意義的美國獨立日當天，當人們都在慶祝世界大戰之下得來不易的和平，一連串的事變使得原本充滿節慶氣息的街道，轉瞬成了哀鴻遍野的煉獄。

最一開始只是警察系統自動接獲了賣場裡ＡＩ服務機器人攻擊民眾的報案。

不出幾分鐘過後，無以計數的ＡＩ襲人事件遍布大街小巷，就連少數在街道巡邏的武裝ＡＩ無人機，也發狂似地摧毀了人們的日常。原本不配屬於城市中的軍用武裝機，亦有如被洗腦一般，全體朝著人口密集的大城市展開「侵略」。

各級首都一座接著一座淪陷。

邦交諸國一個接一個失去聯絡。

原先坐鎮白宮的總統也行蹤成謎。
沒有人搞得清楚狀況、沒有人來得及逃跑。就算軍隊第一時間就趕到各個現場，我們人類又要如何以血肉之軀去對抗「沒想過會成為敵人」的**自動兵器**？
這時候唯一片面知情的特情局站了出來。
並在夏洛特的帶領下，奇蹟般地守住了短時間內能喘口氣的紐約郊區。
而畢竟人類與無人機的戰力是如此懸殊，單一戰線無法堅持多久。一旦找到突破口，我們就得立即執行反擊任務。
也因此才會搞得大家連日身心俱疲、無法鬆懈。
「接下來，是關於ＡＩ無人機對應戰略的部分。先從型號的分類說明吧。在紐約下城區這邊……」
雖說不至於在眾目睽睽下打瞌睡，但我還是沒辦法像平時那樣精神抖擻。
勉勉強強聽進作戰簡報之餘，我尋找著比較熟的那幾名前輩的身影。同一小隊的那叫誰來著……提瑪和麗茲？他們應該在夏洛特身邊才對。
竟然一時想不起前輩們的名字，我可能真的還沒睡飽。
我視線再度掃向夏洛特的方向，但與她同框的只有攤平於桌上的行動地圖。
短暫的延遲後，我瞪大了自己翠綠色的雙瞳。
（啊，對，他們已經……）
此時，我沒有特別的感慨或驚訝。

終於完全清醒的腦袋，提醒自我不能在這種時候就任憑感性支配思考。

再度閉眼，睜眼。原本揮之不去的異樣感暫時被我拋諸腦後。

傑森見我還是一臉睡意，用手肘碰了碰我的肩膀。

「喂，有在聽嗎妳？」他低聲問道。

「嘸啦嘸啦，哩金價就煩捏。」

我爆了口方言，無奈地甩掉這養分全跑到身高上的傢伙，似乎因為我變回了平常的「艾莉緹」，他瞇了瞇眼，便不再繼續管我。

但我把作戰簡報當廣播聽的時間沒過多久，又馬上有人叫到了我的姓氏。

「希莉安瑟絲探員，關於AI無人機的暴走，可以請妳負責說明嗎？」

眾人順著夏洛特的視線朝我望來，頓時讓人感到被包圍的緊張感。

我甚至能想像聚光燈打在我身上，一副要公開處刑的場景。

「欸，我來說明嗎？」

「——說來慚愧，但妳是最初有報告這種『可能性』的唯一一人，想必妳的調查也比我們深入許多吧。」

原來如此，所以才需要我來的嗎。

不過這種不容拒絕的官腔從夏洛特口中說出來還真是充滿壓迫感。

「那容屬下進行報告。」我豎直身體，承受來自四面八方的目光。「正如同之前就提過的。這次AI無人機突如其來暴走的肇因，研判極有可能是因為**自由島**『全球通用ＡＩ軸心機構（ＵＡＤ）』中的統合系統失靈，而使指令斷線、人工智慧的自主判斷行為覆蓋了原先的指令基準，進而爆發了如此嚴重的衝突。」

「雖說各位、或是多數的人可能認為人工智慧叛變的可能性極低，但如今事實發生在眼前，我們也無法再停留於懷疑的心態之中，而是該持續採取對策來面對更多潛在的無人機攻勢與風險。」

換口氣的過程，我瞄了夏洛特一眼，她面帶微笑點點頭，這樣的嘉許讓我對接下來關於戰略方向的報告更有自信。

「然而雖說必須採取對策，我們依然得彌補戰力與體格上嚴重的差距。尤其坦克、飛彈車等重武器目前無法立即取得，也因此就需要靠布朗指……」

我的話語被響徹臨時基地的警鈴打斷。

是有「敵軍」來襲的警報。

「媽的，這些無人機可真會挑時間。現在可是凌晨啊！」

傑森毫不掩飾地啐了一聲。

我也訝於無人機大軍馬上就決定扒開我方戰線的行動力。

但比起那些機械不分日夜的進攻，還有傑森的粗口，我更在意一件事……

（為什麼總是不讓我把話說完啦！）

以前每次簡報或是有發表的機會，總是會因中途被各式各樣的原因腰斬，也是因此我才是個一直升不了官的萬年菜鳥啊！業績很重要啊，業績。難道覺得年紀尚輕就可以繼續等其他人先飛黃騰達沒關係嗎？有關係啊，大有關係！雖然當基層導覽員可以和外國相關單位的帥哥接觸哎是滿棒的啦而且尊敬長輩也是種禮節，但再怎麼說特情局也是公務員體系，薪水一直上不去曼哈頓中城區的房租又很貴拜託我多麼想從那破舊的小公寓換成大套房……

「是呢，真的很會挑時間……」我忿忿地附和。

不過夏洛特的發令再度打斷了我不合時宜的自作多情。

「所有人，突圍作戰延後執行，轉換成防守戰略，馬上回到自己的作戰崗位並傳令給底下的人員。動作快！」

人群齊聲遵命，如流水般快速消失在主帳篷的門口外。

夏洛特也同樣要求我們幾個特情局的探員著裝後回來集合，比起兩、三天前，人數明顯銳減許多。但無論如何都還是得做好備戰的準備。

因為這是我們現在唯一能做的事了。

還得來回一趟著裝……我馬上後悔了剛剛出帳篷不帶武器的決定。

††

什麼都聽不見的戰爭沒有絲毫停歇的跡象。

在名稱荒謬的「第四次世界大戰」中，國家與國家之間的爭鬥，幾乎未曾出現人類士兵傷亡。重視科技硬實力的現代，多數戰局要不是政治上吵翻天的制裁與互嗆，就是由武裝ＡＩ無人機所支配。

也因此多數人在「世界大戰」的背景下依舊過著不變的日常生活。

但人與機械的戰爭，就是完全不同的故事了。

「自從開打以來，皇后戰線就從未往前推進過啊……」

傑森喃喃怨道。

不知道是砲彈不間斷的轟炸導致我放棄了聽覺，還是已經習慣於這個事實，一旁的我並沒有回應，只是無語地裝填步槍的子彈。

從那天起，那個全世界都陷入史無前例災難的日子開始，我們已經吸了兩個月以上被灰燼汙染的空氣。

在好不容易守住僅存的陣線後，臨時聯軍試圖轉守為攻，推回紐約市區。

首要目的是回收現狀下可能還未被占領的市中心大型避難所，夏洛特曾這麼宣言道。只要重新搶下那裡，就有機會建立安全的行動基地。

屆時或許就能暫時鬆口氣了吧。

「妳覺得，那裡還會有人活著嗎？」

傑森再次找我搭話。他以前是這麼健談的人嗎？

「話說在前頭，我只是想排解一下鬱悶罷了。」

「……」我終於鬆口。「怎麼會問我？我的答案可是出了名的不標準哦。」

「因為妳通常也是最樂觀的。」

將步槍上膛，傑森稍稍探出頭定睛一看。那裡有著整排、銀灰色的ＡＩ無人機群正持續將彈雨往人類的戰線送來。

聽到這樣的回答，我嘆了一聲，將背部靠上掩體並仰望慘得發白的天空。沒有飛來飛去的「禿鷹型」也是萬幸。

「怎麼說呢……」我持續望著隔了層硝煙的白日。

「我們這兒離曼哈頓有一段不小的距離，都打成這樣了，繼續後退也不成、前進也困難重重，根本無法想像市區戰況慘烈到什麼地步。」想了一下，發覺自己的用詞好像不太妥當。「應該說，**曼哈頓根本沒有軍力留守**，別說有無戰事了，一般平民根本禁不住無人機攻擊，也沒人來得及指揮大家進入避難所吧。」

「但我印象中，那個避難所不是有針對無人機的特殊防禦機制嗎？」

「好像是吧？我也不確定，但不啟動也沒用，應該是這樣。」

傑森摸著絡腮鬍，簡單地總結著。

「那夏洛特她想帶我們推到那邊也真是天方夜譚。」

「是啊，有夢最美嘛。但總之……」

我用戴著鋼盔的頭往後敲了下掩體，少許的水泥碎屑因此剝落於地。

「搞不好全死光了吧。」

背景的轟鳴聲繼續迴盪。

這下子又讓氣氛更鬱悶了呢，我心想。

見我半開玩笑的答覆，傑森也沒多說什麼。一如往常地板著一張臉並靠緊手中的槍枝，抓住一段距離外無人機停火的瞬間，從我們躲著的掩體後方舉槍射擊當作回禮。

儘管這種距離下突擊步槍的子彈發揮不了多少威力。

「該轉移了。」我出聲提醒。

「知道。」

傑森精準打完了半個彈匣的子彈，我補上他縮身的空隙，同樣用三連點射的方式往無人機來襲的方向打去。後座力帶來的疼痛一消除，我們兩個馬上拔腿狂奔，將另一棟還沒被炸毀的紅磚屋當成掩體目標。

交換射擊、轉移位置、等待對方停火、交換射擊，再轉移。

過去的一小時二十六分鐘，聯軍剩餘的倖存著都在重複這樣的任務。

被當成消耗品的住宅一棟棟從雙層以上的高度炸成僅剩一面矮牆、每一家住戶門前的小草坪也因戰火與瓦礫而焦黑一片。

我繼續驅動著雙腳向前奔。

途中，一個倒在暗巷前的東西閃過我的眼角。

那是這場戰鬥中早已司空見慣的景色。
卻依然忍不住讓人發嘔。
畢竟自己再怎麼說，也還是個連兵役都沒服過、連續跳級而年紀輕輕就找到特情局工作的女性。在這場殘酷無比的仗開始前，不要說屍體，連友人的死亡都沒經歷過。
第一次被迫目睹同伴在眼前被炸成飛濺的肉塊時，還是夏洛特把腿軟的我整個人扛起來往後撤退，才不至於變成另一攤類似的噁爛東西的。
而眼角餘光捕捉到的**那個**，大概是不久前來不及躲進巷子裡而被流彈砸死的某個士兵吧，我認得他的長相。
但我甚至記不得他的名字。
而這片哀嘆之地上，到處都是這樣噁心的景象。
「別看！」傑森喘著氣大吼。「專心跑進掩體！」
拉回差點令自己喪命戰場的恍惚神智，我和傑森一個伏身，滑進姑且還算完整的紅磚屋後。
這裡沒有其他人。
我們屁股才剛碰上髒汙的地面，遠處的無人機群就馬上賞了一輪滿滿的砲彈，將我三秒前踏過的路徑砸成碎片。
塵埃尚未落定，我露出感到可惜的表情。

「唉呀……看來之後路面又要重修了。」

「皇后區路面坑坑巴巴也不是一兩天的事，別多感嘆。」

「是，是。話說……」我調整頭盔。「都沒見到夏洛特前輩呢。」

「她也不知道跑哪去了。可能還活著，也可能死了。」

見我馬上皺了眉，傑森又補了一句：

「我只是在說明事實。她也是自願下來前線作戰的，除了指揮官這個位子外，跟其他人相比沒有多特別。」

傑森嚴肅地與我對視。我知道他並沒有在開玩笑、也沒在諷刺些什麼。戰爭就是這樣。敵軍面前人人平等。

他應該是想對我這麼說。

只不過，這讓我稍微有種自己還只是個見識淺薄的小孩子的感覺。

「……知道了。」

「知道的話就專心去想怎麼活下來。」他的眼神突然緩和了那麼一些。「下一波攻擊要結束了，準備好。」

一直保護著我轉移的傑森再度探頭，默數著射擊的時機。

幾秒的空檔，我沒來由地想起了先前從臺灣遠道而來、那名少年的身影。比我還厲害許多的他，現在是否也在竭盡所能地奮戰呢？

「你還活著嗎……亞克？」

我細聲自語。

如果之前的理解與判斷沒錯，加上頭一天就與各國斷開聯繫的情況，那全世界理論上都陷入了同樣的ＡＩ無人機暴走災情。

包括華盛頓、洛杉磯，我的家鄉克里夫蘭，橫跨太平洋後的其他國家……全人類無一倖免。

紐約市這邊的軍隊勢力還健在，是目前唯一的情報。

有可能全美只剩我們在負隅頑抗了。

（這樣的末日，希望不要持續太久才好。）

與傑森交換射擊位置時，不切實際的幻想鑽過我的腦海。

我還記得，那時的砲聲，接連震動著大地，六天都沒有停下。

在那六天中的第二天，傑森陣亡了。

††

「艾莉？」

人最終都會死，問題是怎麼死和為了什麼而死。

以前曾聽過有人講過這句話。聽上去並不是什麼多有涵義的言論。

所以我聽不懂。

「艾莉緹，妳在嗎？」

我不在。

我不想聽。

「艾莉……我知道妳在，沒事的，讓我陪妳，好嗎？」

我不要。

此時夏洛特走進帳篷發出的沙沙聲，於安靜的夜晚格外響亮。前幾日轟隆不斷的砲聲使疲勞的耳朵反而更加敏感，得來不易的安寧使遠方貓頭鷹的夜啼都有如銅鑼作響般嚇人。

「……沒關係，妳不用起來，我慢慢過去找妳。」

不要靠過來。

拜託不要。

堆滿雜物而又寂寞的空間，聞得到外面被火藥與燒焦味混色的汙濁空氣。

駭人的氣味飄過鼻尖。更加駭人的是，自己竟然已經快要習慣這令人作嘔的味道。

不帶敵意的腳步聲漸漸靠近。夏洛特從剛剛開始就一直在找我。

我為何要畏畏縮縮的躲避呢？

明明她應是自己現在少數的友人了，既是朋友，就該開開心心的。

但我沒臉見她、我不想被她見到、我也**不想要看到她**。

——傑森已經陣亡了。

那個總板著一張臉、整天只知道責罵我吩咐我、還會拿我身高體型做文章、操著奇怪美國南方口音、又在戰鬥時一直雞婆地護在我面前的傑森・威廉姆斯前輩，死了。

傑森死後，知道夏洛特還活著的那一刻，我幾乎是要喜極而泣。

但馬上，我就知道了。

我沒有出現在她面前的資格。

因為我害怕想起來。害怕一旦我再次見到她，我會不知所措。

所以……

「啊，找到妳囉。」

我的軀幹震了一下。但我並沒有回頭。

感覺得到，夏洛特熟悉的氣息就在我的旁邊。她半蹲下來，似乎是在觀察我的反應。

「找妳可是找了很久呢，還是問那邊的士官長有沒有看到一個金髮、一臉沮喪的女孩子，才找過來的。」

「……」

「怎麼啦，艾莉？」

「……」我沒有回話。

我不知道該回些什麼。

就在我祈禱這沉默可以永遠持續時，一塊有點破爛的衣物覆到我的頭上。

「晚上很冷的，用我的披肩吧。雖然來不及縫補就是了。」

夏洛特一邊在我身旁坐下，一邊溫柔地幫我撫平披肩的皺褶。

同時我也感受到了她那溫柔的手掌正撫平著我的寒顫。

「有什麼難以說出口的心事，都可以和我說的。」

「我……我……」

不行。

霎時，支離破碎的言語堵住我的喉嚨，幾乎要令人窒息。

這麼「簡單」的事情，就是無法對夏洛特說出口。

我抱住頭部，用比夜空中的毛毛細雨還小的音量吐出話語。

「……死……」

「嗯？」

奇怪，我是這樣的人嗎？

我不該被消極的情緒與回憶支配的。但一想到前幾天的**那件**事，恐懼與自責便在我內心無限增生。

他死了。很多人都死了。該死的是我這個沒用的傢伙，不是他。

所以——

「傑森他，是被我……害……」

「別怕，有我在這兒陪妳。」夏洛特應該是察覺到我臉色蒼白，溫和而冷靜地安慰道。明明知道，她只是想幫我。

可是，拜託了，請妳……

「沒事的。」

——不要再給予我溫柔了。

這句話哽在喉頭的下一秒，我就已壓抑不住那份強烈的恐懼。

「——他是被我害死的！」

我扯下頭頂的披肩，顧不得說話對象是夏洛特、不想管現在是人們休息的深夜時分，甚至已經不知道——不知道自己究竟在吼些什麼。

「傑森他，是因為我，才死的！他原本可以逃掉、他早就看到了、他的腳程一定比那該死的砲彈快，但他死了！為了保護我！」因為沒有在正常呼吸，我在途中乾吸了好幾次粗氣。「而我呢？像個白痴一樣總是絆倒，要不是有人會把我拉起來，我這拖油瓶早該在那片地獄死上十遍了！如果沒有我，他就會活著，**他們都會活著**，而不是為了在緊要關頭推開一個一無是處的菜鳥而被炸得連銘牌都撿不回來!!」

此時的我已經腫脹著雙眼，可能是因為過於疲憊，原本怒吼的身子也萎縮了下來，再度跪坐回地面的泥濘。

「我不該……我不該是那個活下來的人啊……」

這應該就是所謂「歇斯底里」吧。

不知不覺間，自己分化成了兩雙「眼睛」。

一雙正以無從解釋的複雜情緒瞪視地面。

一雙正看著這樣可悲而脆弱的自己。

我喘著氣，淚珠開始不聽使喚地墜落。

方才被我無故遷怒的夏洛特沒有生氣、沒有驚慌，反倒是面容柔和卻嚴肅地正視著我。

她果然是太溫柔了。

就像**他**一樣。

我甚至不敢正眼與夏洛特對話。「為什麼妳可以……」

「艾莉緹。」

我感受到一陣暖意包覆上半身，夏洛特在呼喚了我的名字後，忽然將我擁入懷中。

「傑森為了救妳而把妳推離危險的事情，我知道；許多人擋在妳之前而命喪戰場的事情，我也知道。」

輕柔的話語流瀉，撫動著我粗糙的髮絲。

「但是，正因如此才代表著，這世上有多少人重視妳。」

夜風徐徐，從頭頂帳篷的缺口吹走凌亂的思緒。

夏洛特的懷中，我依然流淚。

「他們的犧牲，不是妳的錯。人的死亡，無論是什麼形式或身分，都是有價值的。」她雙手輕輕地捧起我的臉。「看，他們這不是讓如此討人喜歡的妳活下來了嗎？」

我的視線動彈不得，只能被迫以難看的哭喪表情面對夏洛特。

想不到眼前的那雙同樣濕潤的眼瞳，盈滿了笑意。

發現我怔怔地什麼話都說不出來，她反而噗哧一聲笑了出來：

「別再哭了。看妳哭我也想跟著哭出來了。」

為什麼，要對我這麼溫柔呢？

我找不到能夠回應的話語。不知道該用什麼表情或言語，來回應這個很久之前就像姊姊一般照顧著我、而又堅強得過於耀眼的人。

夏洛特再度抱緊了我。

在這步入秋季的黑夜之中，周遭突然變得如此安詳。

片刻之間，我們倆都沒人說話。

「好多了嗎？」

「……我不清楚。」我老實回答。

「真是的。」她用指尖擦去我眼角的殘淚。「以前活潑可愛的小艾莉怎麼跑掉了呢？我可是要抓回來的哦。」

半開玩笑、半認真的俏皮話。

熟悉的美好日常在我眼前展開了那麼一瞬。

此刻，我感覺自己的「眼睛」變回了單純的一雙。

努力裝上淺淺的笑容，我揉了揉眼。「對不起，只是一時間承受的太多了，有點……吃不消。」

「沒關係。可以慢慢去消化的。」

「嗯。但……」

夏洛特打斷我繼續說下去。「就別再說了，那不是妳的責任。」

她放開手，側身坐到我旁邊。

「不論是誰，終究難逃一死。但既然活下來了，就好好想想自己能做些什麼，不要愧對了那些夥伴們的犧牲。」

她仰望著帳篷頂那已不具遮蔽意義的缺口，我們的頭頂，是一片沒有光害汙染的黑夜。
「身為倖存者的我們，有義務、也必須，持續守住每一個黑夜。不然我們身後的那些人、那些景仰著我們的人，就沒辦法期待明天的到來了。」
澄澈的星空無聲閃耀。
「妳未來的路比我們都還遠得多。他們一定也是這麼想，才會保護妳的。」
夏洛特這麼說，我才猛然想起。
自己還只是個年歲尚輕、資歷尚淺的跳級生。
夏洛特是背負了多麼龐大的期望、多麼沉重的壓力，卻依舊勝任了她的位子。而我才碰上這點風浪就被挫倒在地，真是太不像話。
「是啊……自己不振作起來怎麼行呢。」
原本破碎的心靈，似乎填回了那麼一小塊。
我呼了口氣。連剛才的緊張與沮喪也一併吐掉。
「提瑪、莉茲、傑森……我好想他們。」
「我也是。」
「話說位高權重的指揮官大人，不用去巡視營地嗎？」我故意問道。
夏洛特眨了眨睜大的圓眼，隨後表情又鬆了下來。
「看來那個可愛開朗的小艾莉回來了呢。」
「我不可愛、也不開朗。然後不要用那種方式叫我啦，又不是小孩子了……」我彆扭地假裝推開她。「我真的沒事了，妳快快回去工作。」

「知道了知道了。」

夏洛特拍了拍褲子上的泥塵站起身。我表示自己還想待在這邊靜一下，她在恢復「上司模式」叮嚀我趕緊把握休息時間睡覺後，就往門口走去。

一腳要踏出去時，她最後一次回頭。

「艾莉緹。」

我從一團亂的雜物後方抬起頭。「什麼事？」

夏洛特罕見地撓著脖子，儘管彼此都是女性卻彷彿不好意思開口一樣。

但沒多久後對上我的，是如親人般真摯而溫和的笑臉。

「我會陪妳的。」

††

人，是為了什麼而死？

我曾一度以為自己理解了這句話。

然而，時至今日，我依舊無法理解。理解那個「為什麼」。

「早安，辛苦了！」

「希莉安瑟絲長官！今天還是一如往常有活力呢。」

我拍了拍高了我兩顆頭的哨兵的背。雖然沒講出來，但這些傢伙整天真的只知道長高呢。

「說過了，楊，一般場合叫我艾莉緹就好。我出去一下。」

「欸？現在這種時間？」

也是啊，年紀比自己小的長官要在凌晨獨自外出什麼的，難免嚇到人。

「一直坐在辦公室思考人生也不好啊，所以想說出去舒展一下。」

我翻起披肩的連衣帽，小步走下階梯。

「而且今天還沒人維護過電子結界的發信柱對吧？」

被我稱作楊的哨兵馬上心領神會。「啊！您這麼一說，確實如此。」

「對吧。」我擺出俏皮的動作，隨後搖了搖手中的無線電。「我去看看情況就回來，頻道二可以聯絡到我。」

「收到！還請多加注意保暖，雖然是夏天，但清晨的風還是挺涼的喔。而且現在這小雨不知道會不會變天。」楊抬頭望了望開始落雨的晚空。

「沒問題！」

我揹著步槍，抓緊身上罩著的破爛披肩。盯著檢查哨的柵門開啟又關閉後，才往外頭離去。

——六年了。

在皇后戰線穩定後，我們花費了數個月的時間養精蓄銳，一口氣跳過布魯克林戰線下半部，直攻曼哈頓南端的重心——紐約公共圖書館。

同時，也是現存已知的唯一一座，保存完好的避難所。

拜「電子干擾結界」所設下的屏障所賜，在我們快速殺進人去樓空的圖書館並暫時封閉出入通道後，一路窮追猛打的AI無人機群便不再進犯。

終於回到「紐約」反擊成功、不用再天天心驚膽戰地打城市游擊戰的那一天，所有人都不禁破涕為笑。在送別了無數名同胞、疊了無數具屍體後，聯軍總算是走到了這一步。

而這樣的現狀，就此，維持到了二〇三四年。

月亮高掛於濛濛細雨背後，文明廢棄物與自然共生的城市格外冷清。

爬牆虎依附在破碎的窗框與磚石之間，蔓生於報廢車輛周遭的雜草，代替原本的駕駛踏入混濁的水窪。

雖然剛剛是跟楊說自己要去巡邏和檢查結界的狀況，不過事實上並非如此。而他肯定也心知肚明，這種對話每三個月都固定會有那麼一兩次。

我的目的地是幾個街區外的海堤。

那裡，有著不需要攀上帝國大廈就能一覽無遺的日出。

因為防守策略的成功，儘管沒有更多餘力向紐約市外圍推進，但我們不只保住了圖書館這個重要的行動基地，更完全控制住了三十街到五十一街的活動範圍。也因此我到海堤的路程中幾乎沒有遇上什麼危險，除了差點跟幾個「拾荒者」撞著以外，用不著二十分鐘就聞得到淡鹹的海風了。

靠上生鏽的欄杆，我輕吸了口氣。靠近大海的河畔所送進鼻腔的晚風，多年來少了工業的汙染，有種清新中又帶點鹹膩的味道。

「果然還是這裡舒服。」

月光下，波光粼粼，拍打著廢棄防波堤的濤聲不絕於耳。

不受束縛的飛鳥，在多數被綠意覆蓋的水泥叢林上頭飛翔。

明明下著雨，萬物卻寧靜依舊、烏雲稀少的景色，實在奇妙。

就算衣物有點濕了倒也無所謂。

只要知道在這空曠而寂寥的所在，不用在意任何人的目光。

不用去想著戰鬥與警戒著無人機。

——不需要當那個眾人面前正向樂觀的乖孩子艾莉緹。

我悠然注視遠方。不想特別說什麼、也不想特別做什麼。

就只是，一個人靜靜地。靜靜地存在。

享受夠了，我打了個寒顫，退出河堤的欄杆旁並往後搜索著「某物」。除了以石磚打造的廣場，這個河堤平臺後方還有一塊綠地花圃。

不久之後，在夜色的籠罩下，我找到了。

在一尊紀念雕像的下方，有座小小醜醜的墓碑。

那個下方，沒有任何人的遺體被埋葬。

被閉鎖於土壤中的，頂多就是幾片銘牌罷了。

我單膝跪下，在月光的幫助下，視野意外地通明。讓我得以不用手電筒就從隨身腰包內掏出了那小小的易碎物。

「抱歉啊，來不及去更遠的花園摘取，只準備了這樣的東西。」

被綁成一束的白色菊花，隨著晚風輕輕搖曳。我將其置於充當墓碑的岩座前方，並找了顆石頭壓住根部，以防隔天就被正午的熱風無情地帶走。

維持跪地的姿勢，我就像個怪人一樣對著墓碑自言自語。

「希望**你們**在那邊……過得都很好。」

僅粗糙打磨過的墓碑當然不會回話。但我還是如見到老友般繼續說下去：

「提瑪，妳在第二天捨身救下的那名婦女，她一直都很在乎你，到現在每天都會為你禱告獻上祝福哦。你在那邊就放心吧。」

「麗茲，妳烤的世界第一的蘋果派，後來夏洛特有教我做，但我一直都無法完美重現啊……現在蘋果也不好取得了，哪天我成功了，再帶過來。」

「傑森，之前一直被你訓得一塌糊塗的那個陸軍來的新兵，現在當上射擊訓練教官了，我是不是跟你說過他是個人才？對吧？」

「夏洛特……………」

我忍住了湧至喉頭的哽咽。

「我自己寫了一首歌哦，很厲害吧？如果妳——妳們不嫌棄的話……」

我盤腿而坐。回想著自己背誦的歌詞。

「就聽聽看吧。」

沒有樂器的合聲、沒有琴音相隨。

惟有持續吹送的風，使時間繼續流動。

惟有我孤寂的身影，開始讓歌聲飄揚。

♪無聲靜謐，綠意微風♪

♪走過虛無，的時空♪

♪煙白大道，殘破小巷灰濛♪

♪雨聲敲響，紛亂顫動♪

♪無盡的孤獨，黑夜中踏步，空無一物♪

♪不變的寂苦，陰影下躊躇，步入荒蕪♪

♪遠方鳴呼，瘡痍滿目♪

♪消逝暗處，往日追慕♪

♪回憶睜眼時刻♪

♪虛幻葵花的無色♪

♪七月的冷♪

♪沉睡硝煙的熾熱♪

♪拋下了淚與痛，輕觸內心的牢籠♪

♪渺小蒼翠瞳，凌亂吹散的寒風♪

♪不復存在的碎……

像是某條重要的繫線被剪斷，我聲音沙啞，無法繼續唱下去。

「閉上……雙眼……追…………」

並不是喉嚨有任何生理上的痛楚而無法發音。

這就像是有股力量壓住了脖子，使我呼吸變得困難、視野變得朦朧。

一滴滴的淚光，被鞋底早已溼透的土壤吸收。

忍了幾個月的孤苦，在頃刻之間，就快要潰堤。

「我……我已經……」

啊啊，又來了。我又要如此不堪一擊地陷進去了。

無助、哀傷，與孤單。
我幫不了這樣內心已經充滿傷痕的自己。
「我已經承受了好多好多了……」
雨勢突然轉強。城市廢墟凌亂的風雨，吹散我的頭髮。
我無意識地抓起墓碑前的一撮土石，白菊花的花瓣缺了一小片。
那破舊墓碑下、識別身分用的金屬銘牌，共有五百一十六片。
包括六年以來所有名字能被回收的士兵與見義勇為之人。
包括自己親手所刻下、特情局夥伴們的銘牌。
通通裝在一個耐鏽蝕的鐵盒子中。
一個帶不走的容器。
「……為什麼要拋下我一個人呢？」
我們不是說好了嗎，夏洛特？
這幾年來，妳們去哪了呢？
我緊抓著胸口，感到呼吸困難。
哪怕用一隻手去遮，也對溢滿眼球的血絲回天乏術。
——我一直都在孤身前進。
但我心裡的絕望，早已染上了天際。
甚至在人們面前，我得努力藏住透明的淚水。

為什麼……

「為什麼這個世界要不斷刺傷我！」

我嚎啕大哭。比起人類的孩童，更像野獸發了狂的悲鳴。

這是自己在行動基地的眾人面前絕對不會露出的模樣。

——前年秋天，夏洛特與其他特情局資深探員，在外出任務中殉職了。

聽說，是因為「UAD」那一派的人發動了奇襲。

那趟任務假使能成功，我們原本即有機會向外擴張安全活動範圍。

當時鎮守基地的我接獲通報並帶隊抵達到現場後，只剩一片慘不忍睹的淒涼景色。所有死者無論最終是如何陣亡的，他們的脖子——都被多砍了一刀。

不完整的斷面一個個於不符季節的烈日下曝曬。

夏洛特——我們的指揮官、我的前輩，同時亦是我形同姊姊的家人。

她那未完全斷開的脖子上，甚至掛著「斬首行動成功」的嘲諷塗鴉——我那時直接把幾天以來的餐食全吐了出來。

我們一直秉持人類不自相殘殺的原則，維持中立並死守著行動基地。

然而，ＵＡＤ的那些混帳完全不在乎是否同樣為「人」。

他們只在乎搶奪與權勢。

不過到了現在，我除卻憤怒外更多的，是孤苦無依的虛冷心跳聲。

悲哀的雨露滑落披肩的帽沿。

作為唯一存活的資深探員與被授予階級的軍官，我接下了指揮的重任。
但我好想逃走。
每天每天每天，我都一直好想好想好想好想逃跑。
逃離這一切的痛苦與追憶。
讓自己不用再想起那些對我親切的人的背影。
只要一想到他們，我就會抓狂；一回憶起以前的事情，我的心臟就猶如被千根毒針刨削般的疼痛。
但又能逃去哪呢？
這樣荒唐的末世之中，我除了基地外無處可去。
其他國家、甚至於各州的狀況仍然不明朗。
我們這麼一小群人，連要出曼哈頓都舉步維艱。
「到底……還要持續多久呢？」
這場仗，或許已經打得有點太久了。

我，真的累了。

幾聲極遠處傳來的爆炸，將我拉回了現實。
我眨了眨被打濕的眼瞼，甩甩頭逼迫自己回復神智。

「爆炸聲？那個方向是……」

心如刀割的痛苦依舊，但我努力地克制情緒並讓腦袋重新上線。

聲音再次延遲了數秒才傳遞過來。能如此判定，是因為我先透過肉眼看見了幾公里外雨夜中的火光，隨後等到了一如預期、被空氣過濾的悶沉炸裂音。

早已徹底熟悉紐約市區結構的我，迅速地判斷著。

「那不是行動基地的方向，就算出事了，楊應該也會聯絡我。那……」

難道UAD那群人在測試武器？

不不，再怎麼說這種時節，也太浪費彈藥了吧。

但確實，在空中的「某個東西」爆炸前，還有聽到類似高射砲開火的聲響。這聲音自己絕不會認錯——那是無人機暴走災變前夕，美軍新研發出來的對空特化型武裝AI無人機「海象型」開砲的獨有聲響。

正當我還在思索，掛在胸前的無線電冷不防地傳來通訊。

『長……滋，長官!!』

「哇哇哇！……嚇死我了。」

差點就將寶貴的器材給弄砸了，我連忙將無線電靠近嘴邊。

「怎麼了，請說？」

『是這樣的，基地這邊剛才接到了有非友軍識……航空器靠近的通報。在接到通報的同時，他們被似……是UAD的攻擊攔截了。』

「這我也有看到……等等，你說航空器!?不是AI無人機嗎??」

『是、是的，我們也很驚訝，現在全員正在分析情況中……』

航空器。

這已經是幾百年沒看到的東西了。

世界陷入混亂後，我們臨時聯軍自己當然是不用說，軍機被全數破壞無法開動。

UAD那些人應該也沒有自造航空器的本事。

那到底是誰……?

『長官!!』

「嗚哇!你不要一直用大叫的，而且叫艾莉緹就好……又怎麼啦?」

楊慌張地道歉，咳了幾聲後接下去說著：

『剛剛在洛克菲勒中心的偵查員傳來通報，說是已……認了該航空器的隸屬單位。至、至少從機體和識別標誌來看是如此。』

不會吧……

「單位……或國籍，是哪裡?」我的心臟急遽跳動著。

『我方已確……是特……變應對局，是他們的旋……隊!』

「什、什麼?沒聽清楚，請再重複一次。」

『抱歉，我念……一點』

雨停了，雜訊依舊。

但我絕對不會聽錯他的下一句話。

我目光瞟向河岸，深色的水面上浮現了金亮的明輝。旭日東昇。曙光乍現於紐約的高樓之間。

『……那是『SCRA』（特種災變應對局）的識別標誌！』

【第二章】　暴風雨

不安。

不耐。

無法以言語輕易傳達的情緒，兀自在心中膨脹。

這樣的焦慮，累積幾天了呢？

總覺得一直不斷又不斷地在失去、在懊悔，卻又找不到一個可以一勞永逸、使我心靈平靜的方法。

我抖著腳。

儘管自己坐在溫馨的隊舍內，但暖黃的光線與氛圍並未舒緩我的焦躁。

「唉……肯定是那樣的吧。」

怨嘆催人老。

就連紗兒也常常會盯我不要太常嘆氣。

可是人生總會碰上那麼幾件自己無力解決、動手也麻煩的事情。

就像**現在這樣**。

「噯，我說。」

被我呼喚到的對象甚至沒有回頭。

「？」

不行，這忍無可忍了。

我重拍大腿停止抖腳，指著唯一與我共處一室的對象，怒目而道：

「妳是沒人教妳生活習慣嗎，再怎麼**家裡蹲**也太超過了!!」

被我怒罵了一頓的人影——嚴格來講，不是人，嚇了一跳後馬上恢復沉著並轉過了頭看我。

還只有頭部轉過來，身體根本沒動。

於一年前的大規模行動中，折騰了我們半天的高智慧意識體，那位曾統領了臺灣全境所有ＡＩ無人機的女王——希萊絲。

此時身上只罩著一件尺寸過大的Ｔ恤、長長的白髮散落於沙發上，以一般人觀點而言相當危險，一不小心就會走光的姿勢斜躺著。

手裡捧著封皮有點剝落的精裝書，嘴裡還叼著一片仙貝。

我看著她，她看著我。黑藍色的眼珠子彷彿要把我吸進去的沉默。

然後希萊絲的嘴巴終於動了一下，將外露半截的仙貝給咬進口中。

「……法正汝不似縮把裡當住己家爐沒關%*&#……」

「妳給我把東西好好吞下去再說話啦！」

紗兒，我如果會提早老化不是因為太常嘆氣啊。

是因為這傢伙快把我的白髮通通逼出來了。

我差點飆出髒話，眼前和諧卻凌亂不堪的景象使焦躁與無奈再度湧上心頭。

在大災變已爆發數個月、自衛隊與難民撤至河口湖這邊安頓下來後，櫻座的臨時政府即努力與業者合作，重新開始在原料能取得的範圍內，生產除了乾糧和罐頭食品以外的甜食、餅乾等食物，讓一般民眾盡可能回歸平常飲食的步調。

現在散落一地的包裝袋正是那些零食被暴力支解後的遺物。

而我閒暇之餘從城鎮各處蒐集過來的老舊書籍，也被七零八落地放置。

我就這樣失去了一個整齊而充實的空間。

更開始後悔把她從白石櫻那邊領出來了。

希萊絲照我說的做，將嘴（也不確定裡面到底有沒有正常的口腔構造）裡的食物吞下後，才再度開口：

「汝之前說過『當自己家』吧？那余就恭敬不如從命了。」

「那是一種客氣的說詞，妳還是要活得像人一點吧……」我無言的目光掃視隊舍。

「至少東西不要亂丟、垃圾就該好好清潔。」

「余以前可沒『垃圾』此一概念。」

「……」

「真的。」

「妳殘缺的記憶裡和資料庫都沒這個字眼？」

「……………NO呢。」

「妳遲疑了。」而且還換語言了。

明顯動搖的希萊絲依然故作鎮定。「畢竟白石那人沒叮囑余這些項目，余就照自己的意思做了。可別忘了余可是不在乎汝等意願的**高度人工智慧**。」

真有臉這麼說，我無力地心想。

「都家裡蹲幾千年了，再繼續這樣下去就只是個**廢物機器人**而已吧。」

希萊絲聽了這句話愣了一下，隨後低下頭幽幽地起身，白髮披在臉前。就算站著也看不見比我矮小許多的她的神情。

但我卻感覺得到周遭氣溫瞬間降至冰點。

（完蛋，似乎碰到她逆鱗了。）

才剛這麼想，她就舉起奈米機械反應素形成的槍尖，準備以那深不見底的眼眸射穿我。

「——**殺了**。」

「等一下，住手住手。」

我毫不慌張地應對盛怒的「女王」，而也沒維持多久，奈米機械便瓦解成分子的大小，重新回到她身上。

「實屬遺憾，余現在沒辦法動真格幫汝『體面體面』。」

她甩了甩手，變回了平時一臉對任何事物都漠不關心的模樣。

希萊絲在兩周以前，才正式獲得白石櫻的同意，從地下研究室的軟禁解封並暫時託我這邊進行「管理」。

她並非完全冷血無情、只服從「殲滅人類」此一指令的AI。

自從將把希萊絲由臺灣舊SCRA總部帶回後，白石櫻就一直在她身邊進行各式各樣的研究與確認事項，而她也意外乖順地服從白石的指示配合著研究工作。不知是因為她遵守著「暫時不殺人」的承諾，還是在白石櫻那攻守兼備的「異能」面前也無招架之力。

但總之，高自律人工智能生命體、全世界AI無人機的原型「希萊絲」。

「**暫時**」，不具威脅性。

白石櫻在經過一年的研究後，如此宣告。

儘管將特災局與日本自衛隊整合過後的軍團內部，還是有不少反對這名「高危險性的AI無人機」一同隨隊行動的聲音，不過是連謹慎行事的織田司令與陳局長都批准的事情，大家也就慢慢開始接受她的存在。

在被軟禁的那段期間，希萊絲坦承了自我所知的一切。

撇除「千年以前」的記憶幾乎完全喪失外，從她身為祕密計劃「SERAICE」的主體而擁有的軀體構造，直到引發大災變並隨後被迫轉讓對無人機全面掌控能力的過程……儘管依舊謎團重重，但卻讓我們對於全球ＡＩ暴走的原因與始末，有了更確切的證實。

她真的讓我們往真相邁了一大步。

就算，尚未覓得解答。

但我們已經知道了，下一個該前往的戰場。

不過……

「她是個很好的，實驗素材。」白石櫻曾如此淺笑說道。

要是能真的把這貨解剖就好了……

「話說，妳根本不用進食吧？那些吃下去的東西都跑去哪裡了？」

「余嘗的不是味道，亦非有活動能量的需求。用汝等的說法的話就是……對了，大概就是『口感』吧。」

「妳說口感……」

原來奈米機械連牙齒和舌頭都造給她了嗎？

「唉，總之待會有空把書放下，給我好好收拾。『垃圾』就是要包起來丟掉、『書籍』、『日常用品』就是要疊整齊，放回原本的位置，知道嗎？」我像是教小孩子一樣地叮嚀希萊絲。「不要傍晚大家都回來了卻看到這麼糟亂的空間啊……我也會幫妳，就萬事拜託好嗎。」

我已經懶得生氣，開始彎腰從最近的書籍開始一本本撿起堆放。

希萊絲「啪」的一聲闔上精裝書，略帶不滿回道：

「真是的，人類就是如此麻煩的生物喏……」

就算動作確實挺配合的，她還是一臉不情不願。

（還真是露骨的很不想動啊這個家裡蹲……）

我大概知道白石櫻後來同意把希萊絲轉移到我這兒的理由了。

甚能在腦中想像的到她一邊比「ＹＡ」一邊邪笑，一副計劃通的嘴臉。

而我還在祈禱不要有人剛好走進來，隊舍的門鎖立刻隨著一聲脆響打開。

「亞克，你在嗎？那個……哇呃！怎麼又這麼亂七八糟……」

紗兒和幾分鐘前的我做了一樣的動作，環視著被希萊絲「進駐」後的隊舍。雖然不到「髒」，也沒什麼異味，但各種書本與雜七雜八的東西被隨便亂丟，以常人的視角來看還是離「乾淨」一詞有千里之遙。

「難道又是……」

紗兒彷彿已經知道答案般看著我。

我點點頭。

與我無聲對話的少女先是非常、非常大力地嘆了口氣，接著小小嘟起了嘴，又低下頭、揚起頭，經歷了有夠複雜的表情變換後，以她這樣嬌弱的身形不該有的嗓門破口大罵：

「希——萊——絲!!!」

雖然這樣的大吼很不符合她的外表，還伴著一絲可愛的聲調，但被指名的對象顯然受到了衝擊。原本強勢而冷淡的態度變得唯唯諾諾。

「妳怎麼又這樣？不是有說好的生活公約嗎？就算是ＡＩ，只要在這個房間就要好好遵守，不要帶給人家麻煩！我知道妳才進來沒多久，但不能……」

正旁觀的我有種妹妹在罵更小的妹妹的感覺……尤其兩人髮色都是白的。

糾正，物理與精神層面都非常相像，**根本**就是雙胞胎。

希萊絲通常將紗兒——說白一些就是與她相似的**人造人**，視為對等的談話對象。

但神奇的是偶爾會如此被紗兒的氣勢壓制過去。

「余……抱歉，余之後會好好注意的……」

被連珠炮似罵了一頓後，希萊絲明顯收起了不情願的態度，甚至看起來有點哭啼地動著幼小的身子開始撿拾落在地板上的仙貝包裝。

這傢伙也是能好好聽話與人相處的嘛，我突然這麼覺得。

「所以，」我重新幫紗兒接話。「有什麼事嗎，紗兒？」

「啊，對。」

她露出了靦腆卻又參雜著苦澀的笑容。

「有空的話……我想去琴羽姊那邊。」

††

把希萊絲關在隊舍裡懲罰她收拾殘局，我和紗兒便前往基地總部外圍。

去年立夏時分。「大災變奪還作戰」落幕後，我們並沒有沉浸於勝利的喜悅中——畢竟那不是一場「勝利」——為了善後工作，我們四處奔波。

有了那場戰役經驗的倖存者，再度搭機直驅九死一生的臺北，進行安全區的勘查與初步的建立作業；紗兒、維特、小雪、席奈等人，則繼續負責河口湖這邊的復原與重建，有了奪還臺灣北部這樣的實績，民眾也比較有意願去配合並相信我們這些「外來者」。

同時，我們這些參與戰鬥的重要核心人物，軍階都正式掛名，部分也往上升了一階。紗兒現在也是和席奈同階的「上尉」了。

而我，則跟著陳局長，協助白石櫻把希萊絲丟進實驗室並展開調查工作。

也因此對於那場大戰犧牲者的紀錄與建墳，是拖到了很久之後，才有餘力完成，並正式舉辦追思會的。

——那一天犧牲的英雄，包括了琴羽。

我還記得在那朦朧梅雨中，白石櫻所顯露出來的傷痛與弱小。

春日的清新氣息尚殘。微風吹送邁入六月的河口湖。

富士山的半山腰，一片雲霧依附在女王換了夏裝的裙襬上。

墓園建於湖的另一端，我們必須駕車經過高度落差五十公尺的地下新都，搭專用電梯平臺下降，開一段距離又上升後，才能抵達位於大湖尾端的「英雄與戰亡者之墓」。

——這真是俗氣又誇大的取名。我第一次知道時曾這麼吐槽道。

我和紗兒自從抵達櫻座後因忙於各種行動的事務，幾乎沒機會來到這個人工瀑布之下的「西半部」。燈火通明、宛如會自體發亮的結晶礦洞般奇幻的景色，依舊令探出車窗的紗兒讚嘆不已。

據說「櫻座」的都市計劃施行之初，為了防止湖水乾涸、以及地面倒下來過剩的水量淹沒地下都市，在用高度落差成型的人工瀑布進行水力發電的同時，又會再把水輸送回地平面東半部的湖中。同時，還得再興建水壩與引流系統，讓水與能量不斷地循環，形成河口湖之所以能養活數萬人的基礎之一……真不知道此舉究竟是多耗了幾年的電力。

車輪行過了一連串麻煩的柏油路後，終於在目的地停止滾動。

墓園的草木似乎會請人來定期修整，整體呈現出一種靜謐而安詳的氛圍，卻也無法給人生生不息、綠意繁盛的感覺。

畢竟一座座的石碑從來不是為了妝點生命。是為了悼念死者。

墓園內的人還不少，連日雨後難得的晴天，似乎是個適合掃墓的好日子。在世界的秩序遭重錘擊碎後，已經不太有人在乎究竟是不是該在清明時節才去見見自己的老祖宗或於災變中逝去的亡靈們。

我和紗兒並肩走向其中一塊比較新的碑位。已經有人先到場了。

我舉起手招呼。「大家都來啦。」

「呦，亞克大哥。」

「喔。」

「午、午安，亞克！」

在一年半以前好不容易重逢，第一指揮組的人**全都**到齊了。

「難得會在戶外看到你。你最近不都在照顧那個足不出戶的機器人嗎？」

「你這樣說她會很傷心哦。」我苦笑回應維特。「是紗兒把我抓過來的，不然我原本沒打算今天過來看她……不過原來你們都約好了。」

「因為聽說下下週就要行動了嘛，紗兒妹妹就把大家都叫來了。」

我瞄了一腳旁的青草地，一片不想引起注意的櫻花瓣，悄聲無息地被送回空中，瓦解成了淡粉色的光塵。

（原來妳也先來過了……）

「原來如此。」語氣帶有沉重，我點點頭。

所有人默契一致地後退，只有紗兒走上前，拭去墓碑上頭剔透的露水，並將捧在手中被漂亮紮成一束的白色菊花，輕輕放在無人回應的墓碑前。

——放心吧，你們會沒事的。

——你才是那個，可以拯救大家的英雄。

塵砂飄散。

天空縹緲。

「……琴羽姊，我們來看妳了。」

紗兒單膝而跪，任一撮沒有梳整的髮絲垂落額前。我們幾個也靜默不語，畢竟再多的話，也無法彌補已經消逝的、沒有她的這一年的時光。

小雪曾自責過好一段時間，因為自己無法阻止總部大樓的崩毀。

維特在那次作戰結束後也陰沉了好一陣子。

甚至連席奈整整一週都沒怎麼開過惡劣的玩笑。

我們都曾用各自的方式悼念琴羽的死、都好好沉澱過並試圖走出失去了夥伴的低潮期。

失去了，特災局最重要支柱之一的那段痛苦的寒冬。

「我們……」紗兒深吸了一口氣。「我們再過不久就要出發了。前往下一個還沒有人知曉狀況的地方。可能……很危險吧，不過，我們會努力的。」

我們會努力活下來。

紗兒眼角泛著光，但並沒有哭出聲。

最近的她已經愈來愈少掉淚了。

傾訴完自己的心情與對死者的追思，換席奈和小雪分別去和那個早已不在我們身邊的摯友之靈，分享這些日子的苦衷與心事。

在靜靜站立一段時間後，才輪到了我。

然而有勇氣走至墳前的我，卻沒有組織詞彙的勇氣。

該說什麼好呢？

也不知道自己與那束菊花乾瞪眼了多久，樹林的簌簌聲才讓我開口。

我口中吐出的音量，細微得可以被微風所遮掩。

「沒有妳的帶領，我們還走得下去嗎？」

這個問題我始終都還沒有答案。

在妳臨死之際，突然被交付妳所擁有的所有過去與重擔。

然後同時，又失去了所有關於妳的未來與情感。

被「拋下」的我們，一時之間又怎能得出解答、給予回應呢？

「……差不多先這樣吧。」

可能直到下次理好自己內心的思緒前，才會再過來探望妳吧。

我撐著膝蓋，心中又默默為在天上的她送上祝禱後，才讓雙腳退離灰而無語的墓碑。

輪到最後一個的維特，並沒有花多少時間，卻也在那一刻，表情變得比平時潤滑許多。這也許就是他的個性吧。

我再次抬頭。

蔚藍而和平的天色，實在與這樣的末世格格不入。

但如果今後都能是這樣的日子，也不賴吧？

（如果妳也能在的話……）

別想了。我搖搖頭，甩去這無法實現的願望。

維特從跪姿起身，踏了踏靴底走了回來。

「對了亞克，你知道的吧。關於接下來的作戰。」

我愣了會兒。「知道哪方面？。」

層雲往返來到。

天象突然感覺變陰了些。

「雖然之後的會議也會再嘮叨，不過姑且先說一聲……這次我和小雪可不會去，我們的職責是守家。」他朝我正色而視。「剩下的就交給你們了。」

††

作戰會議意外地很短。

可能是考量到基地還在重建中，所有人都有自己平時的要務要忙、也都有發放過紙本簡報了，因此主要只是在點名與確認攜帶清單、任務流程。

就好像這趟「出遠門」不過是校外教學的行前說明一樣。

「這次的進攻目標，是位於美國紐約，自由島的祕密設施『全球通用ＡＩ軸心機構』，以下簡報以『ＵＡＤ』稱之——位於這個設施內的統合系統主機，是依我們所判斷，大災變最主要的肇因。」

「ＵＡＤ原是公諸於世的人工智慧研究計劃的重心，也是在十年前開始，提供全球可以自律判斷行為，並在『設計預想』中不會違背複數指令的巨大統合系統。不過後來的情況變得如何……大家應該都再清楚不過。」

我將螢幕上的簡報換到了下一頁。「而據陳局長所言，ＵＡＤ正是當初ＳＣＲＡ的祕密研究——『希萊絲計劃』的**衍生品**。在去年擊破了臺灣舊ＳＣＲＡ總部的當下，來自世上ＡＩ無人機的威脅並沒有立刻消失，至少從我們所觀測得到的範圍是如此。」

「不過日本的無人機不是已經停止攻擊了嗎？」一名少尉發問。

「是的。不過像是東京、臺北，這些都是我們有收復並『可以觀測』的範圍。然而在那之外的其他城鄉，還是有傳出武裝ＡＩ無人機具有攻擊傾向並持續活動中的報告。而且東京的……算是**例外狀況**。」

想起了「九尾狐」那在終末的嚎叫，不免一陣揪心。

「總而言之，正因為是要確認『ＡＩ無人機是否全面停擺』、以及尋找美國方面倖存者與情報單位的友方人員，這兩件事，同時有餘力的話順道癱瘓ＵＡＤ設施的運作，才會有本次的行動——『美東協同作戰』。」

聽上去就像是個簡單的長途調查。

但與過往作戰行動的難度卻是天差地別。

「基本上，前面也講述過本次作戰的概要，各位手上應也有詳細的資料可以參考與紀錄。最後想提醒的就是，雖然已經盡可能蒐集過往針對ＵＡＤ的保存紀錄與模擬推算美國武裝ＡＩ無人機的分布狀況。然而……」

我吞了吞口水，哪怕根本還沒面對，也依然顯露緊張的情緒。

「這回，我們**幾乎什麼都不知道**。」

人在異地，僅是區區過客。

與我們之間隔了一整片太平洋的「前」世界強國，在大災變後變成了什麼樣子、是否還有安全的人口集中處，我們根本無從勘查、也沒有那麼多的資源與時間派送先遣隊橫越大海。

我們，就是即將站上最前線的調查隊。

「還有，希萊絲，也將參與本次行動。」

沉默覆蓋住了不安。

如不是事先就知曉此一情報，聽到白石櫻的插話，眾人肯定是一片譁然吧。不過包括紗兒與第一指揮組的夥伴在內，此刻全場保持著一致的靜默。

半身遮掩於影子之中的首席科學與防衛研究官接連補充著：

「已經被暫時判別為，友軍AI的她，對UAD的狀況與應對，或許也比較瞭解。還請各位理解，軍團指揮體系做出這個決定的，緣由。況且如果，有必要遇到電子作戰的突發狀況，她也是，唯一能應對的『人選』。」

人類與AI共存曾是「常識」。現在，則是「矛盾」。

當初紗兒得知自己是半人類半人工智慧的「人造人」時，也曾經歷過異樣眼光的對待與接近崩潰的情緒。

我窺向隔了兩個位子的紗兒。

雖然沒多說什麼，但很明顯，能感受到她的不快。

（是因為眾人對AI……不，因為帶上希萊絲這件事嗎……）

白石櫻朝我點點頭，我拿回發話權並再度重複了同樣的事情。

「感謝白石陸佐的補充。正如其言，本回的作戰因為面對的未知狀況很可能超出我們的理解，因此除了參與成員都是萬中選一的菁英，也會讓已經解除軟禁的友軍AI希萊絲歸屬於我的分隊行動——她確實可能掌握我們所無法弄清楚的情報、也是我們遭遇新型ＡＩ無人機時，極少數能打出的王牌。所以……」

——不能不讓她去。最初，這是我所建議的判斷。

直到去年，琴羽和眾多戰友犧牲前，我都沒有真正相信過希萊絲。

再怎麼說也是間接殺死了無以計數人類的始作俑者。

但將「一個有辦法溝通的人工智慧」轉變為非威脅個體，在這樣的時代可說是不可多得的「機運」。

那就得趁這名曾經蔑視眾生的「女王」回心轉意前，多加利用她。

何況……希萊絲畢竟是可以獨立於全球ＡＩ統合系統之外的個體，理論上假使任務成功，也不會跟著無人機群一同停擺。

我想這次的行動，能夠最終確認他是否有機會站在人類這一邊，以及見識到她真正的「本性」——

她那自千年前的亙古便存在，與我、紗兒或白石櫻完全不同的「異能」……是否真的存在。

「……我將會親自約束希萊絲的行動，同時允許她必要時參加戰鬥。」

多數人肯定依然無法接受曾「毀天滅地」的無人機女王不是敵人這回事。更不可能馬上就放下仇恨，並肩作戰。

但眼下，也只能靠時間與「真相」，一寸寸磨合了。

順帶一提希萊絲曾很不客氣地說過「因為在美國的那傢伙搶了余的能力所以余不

管她會不會毀滅人類總之要先把她幹翻」這種狠話。
在那之後我更覺得帶上攻擊意識強烈的這傢伙不會有什麼壞處了。
「另外，美軍武裝ＡＩ無人機的資料，只記錄到二〇二八年，上半年。他們是否在末日前夕，造出了新的「怪物」，或是，能夠對空的無人機單位……」
白石櫻的黃瞳縮得極其銳利。
「還請各位慎防。」
會議順利地結束。眾軍官陸續解散後，我婉拒一派輕鬆的白石櫻邀請的飯局，擠出了會議室並追上紗兒的腳步。
「紗兒！」
她沒有停下地回過頭。「怎麼了？」
「妳剛剛會議中，是不是有話想說。」
「……沒什麼。」
我一邊與她並肩齊走，一邊觀察著她的側臉。
白髮下的雙眼顯露陰霾。
「……妳果然還是反對帶上希萊絲的對吧？」
短靴的踏地聲驟停。

我向前多走了兩步，這使相對位置變成我在她的面前。

「能告訴我為什麼嗎？」

「這……」

嬌小的身軀欲言又止。

「我明白她不是什麼壞人。畢竟那個，都和她**接觸**過了。就只是……這次的戰隊分配，希萊絲是和亞克一起的，對吧？」

「是這樣沒錯，或是之後再彈性調整。換成別人應該管不動那傢伙吧。」

「嗯，所以，就是想說……」紗兒講話比平時還要支吾。「亞克你應該要更加注意危險。到時候一出什麼事一定要跟我說。」

「呃，好，我會啦。」

就因為這樣而不安嗎？紗兒一直都是個溫柔的孩子呢，我心想。

「然後還有……就是……」

她原本陰霾重重的臉蛋莫名多了一抹紅暈。

「不、不能完全相信那個**女人**哦！」

「……欸？」

「雖然在不同的分隊裡，我也知道我必須盡到領導的責任。不、不過我還是會盡可能一起行動的，不會讓希萊絲那個……那個人趁隙而入搶走亞克的！」

趁隙而入？搶走？

我的思考瞬間打結了那麼一會兒，看著紗兒小手捏著頸部黃絲帶、臉紅避開目光的姿態，才意識到眼前的少女在想些什麼。

啊，原來這才是重點嗎。

心頭湧上了一股熱流，為了掩飾害羞的情緒，我抓抓頭故作鎮定回應：

「怎麼會呢，哈哈哈，紗兒你想太多了，她可是ＡＩ哦。」

「……真的嗎？」她羞澀又不安地轉過頭。

「啊，嗯，真的。」

我們都已經在同一個屋簷下相伴了六年。

彼此的感情不需要多餘的話語，也可以傳達。

只是紗兒偶爾彆扭的少女心我還沒抓到應付的訣竅就是了。

「……那好吧。」紗兒放下手。「不過我還是不太贊成跟希萊絲那個危險的女人相處太、太融洽哦！亞克你自己真的要注意啦。」

「好啦好啦，妳就放一百個心吧。」

紗兒依舊賭著氣，但似乎也是勉強接受了我說的話，又和我閒聊了一下後便表示要在中餐前先回隊社管教希萊絲了。

我目送她離去時馬尾飄逸的背影，又轉過身盯向不遠處。

「……妳倒是不要一直在後面看戲啊喂。」

「啊啦，小倆口吵架的光景，怎麼能錯過呢。」

晚了些步出會議室的白石櫻拋來媚笑。

「妳還真是個比希萊絲還要隨性的愉悅犯啊。」

「我向來如此。」

還是一如往常讓人無法辯贏她……「抱歉，剛剛說不陪妳吃飯，等等我還得先去小雪那邊做一些檢查。」

「這沒關係，反正之後的機會，多得是。」

我聳聳肩。「但願如此就好。」

原本打算就此先與白石櫻道別，殊不知聽到我那句話，她的神情與過往給人那種自信滿滿的氣場突然軟化了下來。

彷彿一年前，雨中如夢似幻的粉櫻。

「亞克。」

白石櫻抱著會議用的資料板，雙眼直視著我。

「這次，可別像她一樣，一去不回了。」

——你可別做出和琴羽一樣，再也無法達成的約定。

我和白石櫻之間的走廊，僅隔了幾公尺，卻又宛如千里般遙遠。

眾人走動與交談的聲音成了過淺的景深，直到我的內心確認自己能夠與白石櫻「立下真正的約定」，現實才又被拉回耳際。

「放心，我不會的。」

聽見我的回答，她低下粉色瀏海遮住的臉龐，似乎輕聲自語了一句。
「是嗎。」
不知是釋懷的坦然，還是為了隱藏真正的心思。
白石櫻完全換了副表情，想勾引人般地嫵媚一笑。
「所以你，真的不陪我吃飯嗎？」
……這女人根本就是氣氛破壞者吧。

††

——這次，我們必須讓ＡＩ無機全面停擺。

時光，過得飛快。
作戰，來得及時。
而意外，也來得突然。

「——你們有聽到嗎？」
『聽到……什麼？』

『欸，剛剛有聲音嗎？』

距離從河口湖基地總部引領機隊起飛、前段悶沉的「美東協同作戰」開始後，大家已在機上又睡又醒超過十六個小時。編號E-086的行動指揮機以水平傾斜的旋翼拍擊雨點、我自睡夢中驚然起身，試圖捕捉幾秒前溜過我耳畔的「聲音」。

雖然極其微弱，但它確實存在於「那裡」。

而那既不是已經令人疲乏的飛機引擎運轉聲。

也非機師偶爾變更飛航設定而產生的按鈕喀答聲。

那突如其來、與背景早已習慣的環境音節拍完全搭不上的「異音」，因為毫無徵兆，我也沒能聽仔細究竟是什麼。

只能勉強聽得出——宛若呼喚的「殘響」。

『亞克，出了什麼狀況嗎？』紗兒傳遞過來的聲調變得冷酷。

「不……沒事。應該只是有冰雹刮到飛機了。」

『不不不這種季節哪會下冰雹啊大哥。』

『席奈上尉，正是因為這樣的入夏時節，才比較有可能出現冰雹喔。』

連我這邊的機師也加入了談話，使得在通訊中的眾人笑聲一片，暫時打破了因為漸大的雨勢而變得抑鬱寡歡的氣氛。

『不過冰雹會對飛航產生危險啊，真不想遇到。』機師打趣說道。

但願**只是**冰雹就好。

會有如此不妙的預感，是因為坐在一旁、身穿長版白色迷彩外套的希萊絲拋給了我一個嚴峻的眼神。

她也注意到了——而那眼神是她認真起來的信號。

我張口準備發問，卻只見希萊絲也無奈地搖了搖頭。疑惑解不開的情況下，我只好趁著起身之時走到駕駛艙的機師後方，詳細詢問出了距離預定降落地大概還有幾分鐘的飛程，以及現在的天候狀況等等。

機隊浩浩蕩蕩地在過去曾盤踞世界超級強國之首的領空中轟然行進。當然——我們有事先以通訊設備「試圖」與美國任何存活的機構或航管員聯繫，不過可想而知，沒有半個人回應。

風高雨雜。

我在搖晃的機身中維持平衡，慢慢走回座位。

但身體還沒碰上堅硬的椅背，那股異樣的感覺再次朝我骨子裡襲來。

而這次更變本加厲。

希萊絲雙目圓睜，以不同於日常對話的低沉嗓音吼道：

「喂！汝……」

——那「殘響」以不容忽視的「音量」席捲整個機隊。

『『過副副副噢嘞嘞來來來來哀哀佨佨佨佨————』』

『靠！什麼鬼？』

席奈一陣大叫，我也毫無作用地以手掩住耳朵。

霎時間，通訊內雜音竄流、飛行儀表大亂。所有的電子用品彷彿被電流洗過，不規律的明滅了幾秒後才回復正常。

『亞克，剛剛那是……』

「所有隊員保持鎮定，進入戰鬥狀態！」

我也不知道那詭異至極的嘶嘯到底是什麼。

難道剛剛的「那個」就是之前希萊絲提過，奪走了ＡＩ無人機管理權限、遙遠的「另一邊」嗎？

全人類**真正的威脅**，就在我們眼下？

「希萊絲，那聲音究竟是什麼？？」

「不曉得。難以感知，其位置無以特定，而且『聲音』正在變弱。」

「那就再試試看！」

大概是覺得我的要求強人所難，希萊絲眉頭輕皺，不過馬上閉起了眼。似乎是執行她身為人工智慧──自律智能生命體的感測能力時的必要動作。

而就在這暴雨前夕緊張瀰漫的空氣中，機師的警告再次打破沉默：

「亞克隊長，我們被鎖定了！」

「什——來自哪裡？」

「無法反向定位！但是……糟糕！十六枚導彈，鎖定了機隊所有機體!!預計撞擊時間五——」

說時遲那時快，跟隨著我們側翼飛行的僚機，在雨水轟炸的空中爆出一團火光，焚燒著金屬殘骸朝深夜落去。極黑的深夜裡冒出的導彈，就這樣拖曳著火焰咬住了機隊全部的機體。

反應夠快的機師，雖然脫離了陣型卻也千鈞一髮地閃掉攻擊。

然而不幸的是，包含三架僚機在內，有六架航空器遭到正面直擊。

包括我所在的這架行動指揮機。

「轟碰」一聲，機身強烈震動，將沒有坐定的我直接彈飛到另一側的坐椅上。爆炸的餘波之中，原本好端端的機艙門就這樣整片消失無蹤，放任加劇的風雨鑽入機艙的每個角落。

「該死，好痛……」

「汝，沒事吧？」

「還好……」我揉了揉承受撞擊的腰部。「機隊全員，回報！」

『已經進行迴避，正重新回到陣列中。』

『我這邊也ＯＫ，還沒有問題！』

『……』

『……』

聽到紗兒跟席奈的聲音，頓時安心了不少。但是……

「……我的老天。」

一口氣就折損了五架嗎！

我步履艱辛地扶著機艙壁來到駕駛艙。

「快，啟動緊急修復系統！」

「緊急修復系統已啟動！」機師跟著複述。

「趕在下一波攻擊來之前修好，我們要全隊調轉方向！」

雨水裂散。

焰色繚繞。

在旋翼機撲滅火勢、修復完成飛航系統以前，我再也沒有聽到那到殘響。

不，或許還有過吧。

只是那時的我已然沒法聽見。

撞擊、引爆、吞噬。狂亂的大雨和突兀的黎明共舞之際，我被甩出了機艙，不斷墜落，不斷墜落……

在即將失去意識前一刻，一團紅色的能量匯集至我的背部。彷彿一對巨鷹的翅膀，承載著我失墜的瘋狂。

††

碰。喀。

自從原本在臺灣與紗兒的平靜生活被打斷，輾轉來到河口湖後，我好像就常常陷入昏迷。頻繁到快要變成一種個人特色設定了。

仔細想想，剛剛才從高空的飛機中墜落，現在則似乎躺在某個房間裡。沒死成也真是命大。

陸續聽到了應該是金屬製門板撞擊、還有撥動開關的聲響。受不了照明的刺激，我的意識隨著被強光扯開的眼皮而清醒。

第一眼對上的，是過去幾年已經獵殺、同時也被其獵殺了無數遍。「獵犬型」腥紅無光的邪眼。

「無人……！」

恐懼刺入骨間，我以指間觸碰腰部——配槍不在那裡！

至少用蠻力推開面前的殺戮機器，我一瞬間如此判斷——以最大動能將雙手拉起，卻馬上感受到勒住腕部的巨大阻力。在我回過神並發現滴著機油的「獵犬型」早已被癱瘓、根本不會動後，才在恍惚的意識中逐漸明白現在的處境。

我的四肢被牢牢銬在了勉強能稱之為「躺椅」的冰冷鐵板上。

「每當有貴客來訪，我都會用這種方式歡迎。」

一道**變得**陌生、卻漸漸喚起回憶的聲線朝我走近。

「因為人啊，人啊，在表層意識醒來的三秒內，情緒是最真實的，神經是最敏感的。就算是平時殺人無數的彪形大漢，也會在這時毫不隱瞞地讓自己的恐懼曝於烈日之下……非常好！非常好。」

不熟悉的男子繼續自言自語。

「人類就是因為有這種可悲的情感，才顯得愚蠢啊。」

有那麼一瞬，我感受到這名男子原本冰冷尖銳的語氣，變得震怒。

但也就短短一瞬。他馬上恢復了以往的冷血，朝我問道：

「那您說呢？普通的泡泡茶水、寒暄問暖，太沒新意了，無趣至極！像這樣充滿趣味的迎賓方式，才是人類大腦有在進步的證明。」說話的主人舔了舔唇，將臉湊近我。「不過古代先賢的智慧，總是也有它們存在的理由。所以在此還是打聲招呼，對，打招呼……早安呀，亞克情報員。還是少校？隊長？」

「你——」

我驚呼一聲。

這個聲音、這副面容，這病態又神鬼莫測的眼神。

就算過去了這麼多年、甚至沒見過幾次面，我也不會認錯。

「**萊修……！**」

「呀哈哈哈，認得我啊！哎呀哎呀真是萬分榮幸。」

我咬牙切齒，怒氣突然湧出了整個身體。

六年前「大災變」真正的罪魁禍首、過去我們一直試圖緝拿但行蹤成謎的特災局前科技研究主席——就這樣一派輕鬆地出現在我面前。

「你……怎麼在這裡！」

「反了！」萊修大喝一聲。「唉唉唉，所以才說，被憤怒支配是不可取的啊。應該要問的是，為什麼『您』在這裡才對。」

我下意識地感受整個空間。滲水的天花板、用破布遮掩的水泥牆，甚至還有日光從牆角細長裂縫探了進來。室內沒有擺設什麼傢俱，除了用來嚇人的「獵犬型」殘骸，就只有一張應該與我身下的躺板材質一致的金屬方桌。

唯一的門扉側邊，站著一名拿著突擊步槍戒備的陌生大叔。

另一面相對完整的牆壁上則貼著「我們需要你」的美國徵兵海報。

在我失聯前的其他夥伴都不在視線範圍內。

唯有這點不知該慶幸還是該感到不安。

簡單而言，我所在的地方是個類似偵訊室結構，但與「密閉」、「安全」完全搭不上邊，恐怕外頭早就爬滿藤蔓與風化痕跡的小房間。

然而在牆的另一邊的外頭位於哪裡，我毫無頭緒。

只能說從時間與旋翼機最後抵達的地點推算，十之八九是紐約一帶。

我試著在陌生的環境裡表現鎮定。「是你們把我綁到這鬼地方？」

「NO，NO，又答錯了！」萊修誇張地搖搖手指。「是您自己從天上『咻——』的掉下來，然後竟然活著！我們怕您到了白天就會曝屍荒野，才好心好意把您搬回這豪華的別墅啊。哎呀，多麼高尚的情操！」

「沒有讓我被無人機殺掉真是多謝。」我憤恨說道。

「無人機？無人機會殺你？您又搞錯了一件事，亞克先生。」

曾是世界AI研究領頭羊的瘋狂科學家推推眼鏡。

「AI無人機們不會殺人——他們在進行的，只是名為『淘汰』的程序。」

鏡片後方是一個雖依舊人模人樣，但壓根不在乎他人死活的瞳孔。

「你說……什麼？」

「人類是有缺陷的生物啊，亞克先生。而有缺陷之物，被淘汰是天經地義。就像馬鈴薯生產線上有瑕疵的果實得立即挑掉、壓爛，送進垃圾堆一樣。人類，也是如此的存在，不是嗎？」

「你在胡說八道些什麼……有多少人因為無人機暴走而死掉你知道嗎！」

我義憤填膺，怨恨於自己無法馬上出手掐住這傢伙的脖子。

「回答我！讓全世界的無人機狂暴化是你幹的嗎？還有……」

我想起自己被拋出飛機外、落入黑夜前，與我對話的夥伴們，但又馬上收回差點衝口而出的問句。

……不能讓紗兒她們也陷入危險。

既然萊修沒有提及、也沒有拿她們的性命要脅我，那至少代表其他人應該還沒被抓住或暴露行蹤才是。

「哎呀，別這麼激動嘛，救世主大人。雖然我還想和您好好聊聊我那偉大崇高的『新世界』理想……不過時間寶貴啊，您的救兵恐怕要趕到了。」

「蛤？救兵？」

完全搞不懂他說話的邏輯——還是說他知道紗兒她們的下落!?

「姑且讓您知道一下，這裡是UAD的一處藏身據點，不過可惜守備不夠森嚴呢，你那些醜陋的小飛機飛過來動靜又搞那麼大，另一派礙事的傢伙應該再三分鐘就會敲破這裡的大門吧。」

「另一派……？你想說什麼？」

萊修嘴角大大彎起。「我們來玩個，小小的小遊戲吧。」

小遊戲……

我冷靜應對他的不懷好意。「就憑你那三寸不爛之舌。」

「您看起來不喜歡對話，那我們就具體一點吧……對，具體一些。」

他粗暴地將一旁的方桌甩到我們兩人之間，並翻起自己髒汙的白大褂，從中掏出一把厚實的金屬物體「磅」的一聲放到桌上。

「這是……」

原來我的左輪手槍是被他拿走了。

「您應該聽過『俄羅斯輪盤』吧？」

我用一秒的時間思索了這個在我生活中幾乎用不到的詞彙。

黑亮的犀牛左輪躺在桌上哀求著平靜。

彈巢內放了幾顆子彈連猜都不用猜。

「你根本瘋了。」

「很公平，不是嗎？一顆子彈，每人一次機會後互換，機率隨機……呵呵，這是世上最完美又公平的遊戲了。規則也相當簡單，只要像這樣……」

萊修絲毫沒有遲疑，抄起左輪直接對著空氣扣下扳機。

「咔」，沒有任何子彈擊發。

一次機會被用掉了。

「只要您沒打死自己，我們就大仁大義放您走出這個荒廢的破爛建築；如果子彈不慎嘟嘟嘟地從太陽穴鑽進去，那我會讓無人機好好埋葬您的。」

見我略帶驚恐又怒氣滿溢的神情，他補了句：

「哎呀放心放心，每個人都有平等的機會的。」

又一個不猶疑的舉動，他將左輪對準自己腦袋快速一扣。

「——」

彈巢多轉了六十度。

「喂，換你。」

門邊一直保持沉默的持槍大叔起初有些猶豫，但還是照著萊修的指示取走了左輪，將漆黑的槍管按在自己鬢角旁。

「咔」，一樣什麼事都沒發生。

（他不怕自己真的被玩死嗎！）

心裡一小部分佩服這位陌生人的膽識與瘋狂之餘，萊修取回了手槍，伸長手臂直指懸掛在天花板下、沒有生命的「獵犬型」後。

又是一槍——

他加深了臉上不尋常的笑靨。

唯一的子彈被擊發的機率一口氣從六分之一升為二分之一。

這機率都讓我不禁懷疑是不是早就設計好的……說起來，在他從懷中掏出我的左輪後，根本沒有轉過彈巢重置。

享受完怪異的愉悅，他由上往下斜視著我。

那眼神透露出早已不屬於正常人的癲狂。

「那麼，換您了，亞克先生。」

他示意男人將我右手解銬，持續壓制，隨後把理論上只剩兩次機會、一顆子彈的左輪，放到我空著的手掌並用力抵在太陽穴上。

「我知道您有稱為『異能』的奇異體質，不過不過不過不過啊，可別想耍什麼花招，否則……」萊修示意男人，他馬上單臂舉起了槍口直指我的前額。「碰！腦袋開花，哈哈哈哈哈！」

「你這傢伙……」被兩口槍指著實在不是滋味。

我估量著情勢。

如果以最快的速度，會是持槍男人開槍比較快，還是我的頭躲得快？

就在我以為自己死定的前一秒，左輪握柄熟悉的紋路印上我的掌心。

「哼，開什麼玩笑——！」

不能猶豫。

因為沒有猶豫的必要。

扳機往後一扣，擊錘第五次撞進空無一物的膛室，五五開的機率，這一槍讓我腦漿飛散也合情合理。但碰上我肌膚的，只有少許帶有火藥味的空氣。

唯有這一刻，我慶幸著自己已經與這把配槍培養感情超過七年。

它滿載子彈、打空後的重量，我都記的清清楚楚。

而剛剛那個生死交關的瞬間，我感受到它的重心細微地偏了一邊。

子彈落在最後一個沒有被擊發的膛室內。

「恭喜！大賀大喜!!!」

萊修興奮的模樣就好像下一刻會跳起舞來。

「就是這個啊！您剛剛的表情實在是太棒了，真希望我能錄下來啊！」

儘管還是搞不懂這瘋子玩了這荒謬遊戲的用意，但剛才的情況確實驚險到我都冒了一身冷汗。

「以前那幾個輪到自己時，都是哭喪的叫媽媽呢，多麼醜陋、多麼愚鈍！您的這份膽識還真是令我大開了眼界，不愧是最受那個**陳蕪**賞識的孩子呀！」

「萊修主席，時間……」

持槍的男人靠近萊修耳邊，只見他不滿的砸了砸嘴，將差點就能釀成走火的左輪搶回來丟到桌上。

彼時，我也聽到了外頭爆炸、交火造成的喧嘩聲。

「真可惜不能再和您多聊聊，您可比其他人類有趣多了。」

——他為何在這裡、是為了什麼目的……

——ＡＩ無人機是否聽令於他。

還有太多謎團未解開的男人，將自己的白袍翻整，再度露出了招牌笑容。

那是不屬於開心、難過、虛假與真實，不在乎一切事物的笑容。

「我沒打算今天就殺死您。不會是今天。還有很多東西，要邀請您見識見識呢，亞克先生。」

「等等……」我狼狽地伸出右手，卻因為忘記四肢的其他部位都還被銬得死死的而導致自己摔回冰冷的金屬表面。

萊修與不具名的男人踏出門口。我無法忘記最後流進門縫的瘋狂氣息。

「您就好好地在絕望中掙扎，看著心愛的『人類』毀滅殆盡吧。」

金屬門重重地關上，四周頓時陷入了沒有人說話的短暫寧靜，只有外面不知是誰與誰戰鬥的聲響變成沉悶的噪音透進牆內。

我無力地躺著，喘著氣。

剛剛的一切都太過混亂。沒有時間好好構思策略。

悲憤、不解，與悔恨。

「我剛剛應該要有能力將他繩之以法的……該死！」

我　緊拳頭，側頭看著在桌上靜悄不語的左輪手槍。

（現在只能等「救兵」來了吧。）

雖然不清楚他為何不直接給我個痛快，但我也明白萊修這個男人儘管瘋狂，卻從來不會撒謊。

包括這個「ＵＡＤ藏身據點」已經確實遭人攻破這件事。

如果是紗兒他們就好了，我如此心想，並篤定地相信她們還活著。

我側起身想試著先解開這些惱人的鐵銬，就聽到了隔著牆的另一側傳來模糊的談話聲。似乎是一男一女的組合，但聲線都因為水泥牆的阻隔而顯得低沉。

（等等等一下，您這是要直接炸開嗎長官!?）

（哎唷沒關係啦！又不會少一塊肉，來得及就好。）

（不是，長官，這炸藥的威力可是能夠炸掉半棟大樓的！）

蛤???這已經不是會少一塊肉的程度了吧！

（安心啦，我調配好份量了，死不了人。應該。）

（您說的「應該」通常都很恐怖啊！）

「不要用『應該』敷衍過去啊！」

我也大吼加入奉勸的行列，但他們似乎根本聽不到我在裡面的垂死掙扎。在恐怖的靜默降臨之際，我死命挪動身體下面的躺椅，終於使其失衡並讓自己摔到地面，躺椅本身則成了我與「炸藥」間唯二的障礙物。

正當我認為女性說話方應該放棄了用炸藥直接強行突入的想法……

『『轟磅!!!』』

比剛剛的俄羅斯輪盤還恐怖好幾倍的大爆炸，將早就破舊不堪的牆壁轟了個大洞出來。那名女性最後好像還是有讓火藥份量收斂了點……至少樓沒有整個塌掉，四散的瓦礫也沒有直接砸死我。

我艱難地撐起還被束縛著的身體，往身後一看。

瀰漫的煙霧中，一個嬌小的影子踏上爆炸形成的碎石堆。

披肩飄逸、身形纖瘦，如果只從剪影來看，與紗兒極其神似。

但只有一點不同。

亮金的頭髮紮成了兩束垂至胸前。

煙塵散去，記憶回到了六年前那個夏日。

我曾跟「她」說。「我會回去」。

破洞中央，年齡與我相仿的少女因為重逢的感動而嶄露笑意。

我差點忘記，真正的笑容，是長這樣的。

「——好久不見，亞克！」

【間章】 艾莉緹之願

人的一生，就是不斷抉擇、抉擇，再抉擇的過程。
同時，也是得到與失去的無限迴圈。
長了一歲，少了一年；
認識了一個人，疏遠了一個人；
完成了一件事，忘記了一件事；
結束了一場戰爭，而又再度讓戰事重演。
屬於二十一世紀的世界大戰爆發得又急又快。
地球長期以來的慢性病一個接一個發作，日積月累的糧食與原物料壟斷問題、以及部分獨裁國的霸道行徑，使國際間的裂痕逐漸擴大，就在二〇二五年的某一天，終於扯斷了社會秩序最後的底線。

「——就這兩個，還有平白咖啡和冰美式各一杯，謝謝。」

不知該說是幸運還是不幸，由於ＡＩ無人機技術的普及，用於軍事目的之機械解決了多數國家由人類上戰場的「死傷」問題，一般民眾生命的損傷被各國政府與情報單位控制在最小限度。反戰意識也因此未見高漲。
不過同時，已經開戰的東西諸國亦沒有退讓的打算。
就像是想重現上個世紀的冷戰，小國人人自危，如履薄冰；大國權力與意識形態的鬥爭則在暗流中湧動不斷。

「總共是十六元二十五分，小姐。」
「這邊，應該剛好不用找了。」

——人類**選擇**讓ＡＩ機械作為他們的代理人踏足世界。
抉擇是一種毒藥。
他有可能帶來快感，卻也可能造成悔不當初的結果。
大戰背景之下的美國紐約，曼哈頓西二十三街。
一家甜香四溢的糕點店裡，艾莉緹站在候餐區旁放空著。
「……果然剛剛還是該選西班牙杏仁口味的嗎……」
「拿去吧，小姑娘。」
胳膊粗壯的店員大哥將艾莉緹剛才點的飲料與甜甜圈分裝進了兩個羊皮紙袋，俐落地擺到艾莉緹面前。
「啊，喔，謝謝！」

「話說啊小姑娘，」未料剛剛那名店員湊近過來。「店門口站的那個外國小哥，是妳男朋友嗎？挺英俊的啊。」

他的視線越過人群，落到熙來攘往的人行道上一名穿著撞色襯衫的青年。

艾莉緹瞬間刷紅了臉。「不、不不不是啦！」

「他好像時不時往店裡面看過來，擔心妳會不會被拐走呢。」

「不——是，不是那樣的！我們只是朋……同事而已！」

「喝哈哈哈！逗妳玩的，趕快去讓他嚐嚐咱們店名震天下的甜甜圈吧。」

「你也真的是……好好工作啦，下一個客人在等了欸。」

艾莉緹氣噗噗地拿起紙袋，用下巴指了指櫃檯的方向。

「啊，噢！」店員這才發現前臺的ＡＩ服務員竟然跑開去收拾餐桌。「哎呀，真是！呃歡迎光臨，請問要點……」

莞爾一笑，艾莉緹踏著方格瓷磚往外走去。她也算是這間店的常客了，方才的店員也算熟識，才會對她開了點小玩笑。

步出店外的同時，人車嘈雜的聲音襲來。她提醒自己要保持平常心。

「久等了，亞克！」

青年放下手機，對從人潮中擠出的她投以微笑。

「抱歉，剛剛在傳重要的訊息。我幫妳拿吧。」

「謝啦。」

她們所在的店面是一家坐落於帝國大廈西南方、叫做「Doughnut Plant」，曼哈頓久負盛名的甜甜圈專賣店。

從臺灣遠道而來的亞克，是為了調查UAD所針對AI無人機的控管是否有紕漏，才會來到此地，並由艾莉緹擔任嚮導，在公務外的時間帶著他走訪紐約市區各處——名義上是「讓外國訪客體會戰時和平的榮景」。

不過她當然不會放過這個能夠將花費都給特情局申報銷帳的好機會。

亞克從她接過的袋子中搜出他要喝的冰美式。「艾莉緹，那個……甜甜圈的部分妳點了什……」

「艾莉。」

「好……抱歉還沒習慣啦。」亞克苦笑。「艾莉妳後來挑了什麼口味？」

艾莉緹原本嘟起的嘴立刻上揚，得意地打開另一個袋子：

「哼哼，當然是外表堅實、內在圓潤甜蜜的——蛋糕甜甜圈了！」她亮出一個黑棕色、一個呈糖霜基底並以橘黃點綴的甜膩小傢伙們。

「哦……看起來真的不錯。」

「那是肯定的！左邊這顆叫『布魯克林大停電』，是滿滿的巧克力哦；右邊這則是胡蘿蔔蛋糕口味的甜甜圈。」

「還真是惡趣味的取名啊……而且胡蘿蔔原來可以加進甜食裡嗎？」

艾莉緹露出了難以置信的表情。「你、你沒吃過胡蘿蔔蛋糕嗎？」

「該說是飲食習慣不同嗎……還真沒碰過。」
「那你就更該試試了。」
艾莉緹把白色的甜甜圈塞進滿臉疑惑的亞克手裡。
「這……吃下去該不會滿口草味吧？」
感受到了艾莉緹拋來的死魚眼，亞克趕緊收住玩笑話，將甜甜圈的外包裝撕開並在三秒無謂的掙扎後咬了一口。
「……好吃！」
「是吧是吧！」
一反亞克方才的刻板印象，手中鬆軟卻紮實的甜品散發出核桃、葡萄乾與香料合組的厚度，奶油乳酪內餡與新鮮蘿蔔的點綴帶來既清脆又濕潤的口感；同時，又沒有原本預期的草澀味，反而是最大化地留住胡蘿蔔的甜，與外層的糖衣本身形成美味的二重奏，雖說樸實卻甘甜適中——這讓亞克開始好奇另一顆「布魯克林大停電」那滿覆的巧克力到底能甜到什麼程度。
「真不愧是名店，和我以前吃過的甜甜圈完全不一樣。」
「不然以前吃的甜甜圈都是什麼樣的？」艾莉緹接過另一杯咖啡。
「呃……我那邊，臺北捷運站內的……連鎖小店。」
「哈……」
兩人不約而同地做出了「味道可想而知」的感想。

紐約午後的陽光灑進第五大道的車陣中。

人來人往，冷熱交雜。

古老大街的氣息中，人造的科技四散各處。

交通號誌、停車充電站、清潔工機器人、機械的保全……人工智慧的宗旨是為了協助人類更便利的生活，卻也因此，讓景色少了一點溫度。

但人們已習以為常。

就算他們的日常色調變冷了那麼一點。

艾莉緹也撕開了甜甜圈的包裝，大口咬下。

「嗯～太讚了。」她嚐著馥郁香甜的巧克力味。「我們走吧，不然到那邊天都要黑了。」

「好啊。對了，如果順路的話我還想去公共圖書館晃晃。」

「當然沒問題！」雖然不算順路，不過地鐵能抵達的地方都方便。

亞克貼心地把廢紙袋收集過來折了折準備扔進垃圾桶。

艾莉緹小蹬兩步，與他並肩而行。

在戰爭之下、戰火之外的曼哈頓，空氣悠閒而和諧。

哪怕勾心鬥角，人人也都祈求一個與身旁之人和平相處的未來。

——如果兩人現在正走在的這條大道能繼續延伸，該有多好？

艾莉緹心不在焉地想著。

††

「長官，恕我難以履行這樣的命令。」

「為何？」

艾莉緹不自覺地握緊了背在身後的拳頭。

「亞克先生他是外國來訪的賓客，我無法——無法擔任可能破壞兩方關係的**間諜**，更不提我們無法給予他適切的情報以利調查。」

「別看得如此狹隘了，希莉安瑟絲探員。」陰影中低沉的聲音說道。「現在的時期，不允許我方任何一點機密情報走漏風聲；同時特災局與特情局一樣，都是對抗潛在威脅與分析情報的機構，想必那位情報員也會對於談論己身機密有所警覺，妳要做的就只是保守祕密並盡可能多套點話，如此而已。」

艾莉緹的內心依舊無法認同。「但、但尤其是這種時候，我們不是更應該互惠交換情報，以利解決可能的災害變化、提早結束戰爭嗎？」

「就是這種時候，隱瞞的同時獲取情報才至關重要。」

被粉刷成鐵灰色、四面包覆的空間，艾莉緹隻身直面特情局高層長官的親自命令，在令人窒息的氣壓下嚥了嚥喉。

再過不久，她就會以特情局代表人員的身分，去迎接來自臺灣特災局的訪客。因為不是什麼正式安排的會面交流、也非高層級官員來訪，因此高層判斷交給她這個

「年輕的菜鳥」應對足矣。

如果是夏洛特的話，應該能更好地拒絕吧……然而高層不可能派遣她這種高官，何況她平時也忙得不可開交。

「我們是要顧及立場問題的啊，探員。」

鏡片反著光、臉部帶有些許皺紋的長官再次強調。

「已經三年了，這場『不流血』的大戰，」面前的長官似乎放緩了神情。「戰爭這種永遠揮之不去的遺毒，死亡人數屈指可數已經是萬幸。然而，各國間的嫌隙依舊不斷擴大，要總有一天瓦解國際強權當道的局勢，我們只能穩固自身的情報網，不冒任何被抓到把柄的風險。要是有什麼萬一，重要情報被謠傳出去，那世界各國對我們的信任一定會大打折扣。哪怕示好的邦交國也一樣。」

「恕我直言，難道就真的只能靠無人機去維穩，而非通力合作嗎？」

「我們是情報機構，不是軍事單位。打仗維繫和平這種鳥事交給軍人就好，至於妳我……只要做好份內的工作，就是在為國家貢獻了。」

言盡於此，長官似乎不打算撤銷「當間諜」此一命令。

冷氣管線悶沉地在天頂隔板內流動。

短暫的沉默後，長官呼嚕地嘆了口氣。

「妳還很年輕，不如說要接觸這些劣質的黑暗面確實為時過早。如果妳真的不想幹，我們也不強求妳——另外找人代班就好了。」

艾莉緹的雙手又握得更緊了些。

狡詐的欺瞞使人、使心與心的交流變得冷漠無情。

但就算周遭的大人變得冷漠，她不願看自己所關切的人事物也變得冷漠。

這件事只能由她來做。最起碼她做得到。

「……我理解了。我會盡可能達成任務的。」

「妳確定嗎？」

「是的。」

不洩密就好了，對吧。

那我就之後再報告對方口風很緊、套不出話就好，艾莉緹心想。

男性長官依然眉頭深鎖，不過最終還是放下了心。

「期待妳的表現，希莉安瑟絲探員。」

——斜陽照上浪波漫漫的哈德遜河。

經過了半天的「城市導覽」後，艾莉緹與亞克出了地鐵，在能夠眺望到遠處自由女神像的巴特里公園河畔乘風小憩。

城市的衣裳綁上了橘紅的緞帶。

尚未入夜的夏至小暑，天地的一線之隔也變得曖昧。

「我那邊可沒有這種景色啊。」亞克手肘撐在欄杆上感嘆。

「欸，是這樣嗎？小時候父母帶我去過一次……我記憶中的河岸風光都滿壯觀的呀。啊！還是說那是因為鄉下的關係？」

艾莉緹忽然驚覺她所到訪過的那片寶島，面積小到容易搞混地點。

亞克哈哈笑出了聲，隨興地說笑道「那應該是花蓮吧」又繼續感嘆。

「應該說景緻不同吧。像臺北如此發達，可也沒有如紐約這樣的高樓林立，河的對岸看過去，還是矮房和滿滿的河濱綠地居多。」

「這樣啊。」

依傍於河口的晚霞確實為燥熱壅擠的都市添上一層美麗的薄紗。

能讓眺望到這番景色的亞克露出笑容，艾莉緹覺得自己當導遊也值了。

雖說兩人的緣分僅止於這幾天的相處，職責要緊，容易節外生枝的感情肯定是不必要的。

但她還是禁不住在意亞克的側臉。

那是屬於東方男孩，帶點棕黃卻又輪廓分明的臉龐。挑染的深紅色瀏海淺淺劃過鼻樑，對正值青春年華的少女來說，是殺傷力相當高的帥氣長相。

「對了，艾莉。」亞克冷不防地轉過頭來。

「呀！咦，幹、幹麼？」

艾莉緹慌了手腳，假裝若無其事地梳理自己的辮髮。

「啊，不，沒什麼。」時常笑著的青年表露歉意。「只是前天進到ＵＡＤ設施內部調查的事情，好像麻煩到妳了。」

「哦，那件事啊，沒什麼啦。」艾莉緹紅了臉，輕輕撇開頭。

——妳要做的就只是保守祕密並盡可能多套點話。

艾莉緹當時也很想讓亞克進行全面的情報收集，無奈自己的權限只能讓他接觸到「表層」——頂多見識到「軸心統合系統」運作的數據。

何況又被下了那種命令，她難以踰矩。

不過當時的亞克竟然說「關鍵情報已經入手」，也不清楚如何辦到的。

「那是我該做的。」

現在的世界表面和諧，實則動盪而混亂。

人們犧牲了自由與隱私，來獲取安心與和平。

讓人工智慧取代自己的勞動與思考，來假裝這個世界一切安好。

然而再怎麼去哀怨，常與孤獨為伴的艾莉緹也改變不了什麼。

她只能竭力去做份內能完成的事情。

艾莉緹伸伸懶腰，讓自己的身子掛在欄杆上。

「這裡也真～是平和呢。根本沒有世界大戰的樣子。」

「確實，不像我那邊街上滿是妳們的武裝ＡＩ無人機在晃來晃去啊。」

「哈哈，那可真是抱歉了。」

「真的喔，一開始民眾們可嚇壞了，」亞克擺出一副苦惱的表情。「但習慣之後反而又覺得可怕。」

「不過至少大家都說無人機不會失控，應該也沒什麼問題啦。」

「能這樣的話，再好不過了。」

「……嗯。」

他們的視線一同順著波光粼粼的河道往外望去。

其實特情局，或是說UAD究竟藏了什麼「祕密」，像她這種「底層員工」也無從知曉。

她能做的就是協助亞克這名外來者，一步步挖掘真相。

不可思議地，艾莉緹覺得是他的話，辦得到。

幸好亞克挺能察言觀色，沒讓艾莉緹面臨「間諜身分被揭穿」的處境。

她自己也沒做出什麼間諜般的鬼祟行徑就是了。

「和平啊……」亞克沒來由地冒出一句。

「和平？怎麼了嗎？」

「只是在想，雖然上面的大人物們都因為『世界大戰』一詞而讓關係盪到谷底……但就像現在這樣沒有戰火波及的景色，不也挺好的嗎？」

——沒有戰爭的世界，不挺好的嗎。

河面的水波緩緩。

夕落無邊的天際。

「是啊。」聽完亞克的話，艾莉緹溫柔地笑了。

同時，她默默許著願，祈禱這趟旅途結束後的下一次再會。

在戰爭結束之後。

「挺好的。」

【第三章】 封鎖線0.1

視界的兩邊不斷拉近、遠去，成為失焦的背景。

天空是一片偶有雲朵飄晃而過的蔚藍，美好的天晴之下，紐約的城市街景不斷拉動著彼此，叢生的藤蔓及雜草鑽入了一切沒有被填滿的縫隙，成了一輛輛廢棄客車上載運的無聲乘客與磚樓窗框邊準備看好戲的觀眾。

斑駁龜裂的第五大道上無人來往，熱氣從冷清的地表冒出。

交通號誌不再運作、故障的清潔工機器人被晾在路邊。儘管是沒有多少溫度的景色，卻因為路面被逐漸放大的震動而侷促不安了起來。

車陣之中，唯有一輛動力完好的舊式小客車奔馳著——以及八、九架面目貪婪的「獵犬型」武裝ＡＩ無人機尾隨其後。

當然，後者全部應該都裝載了只要被靠近到五公尺內就會彈射而出的致命針刺——我不禁打了個冷顫。

「亞克，麻煩你繼續想辦法處理一下『前面』這些害蟲啊！」

「我可不知到紐約還能活動的無人機有這麼多！」

「反、反正想辦法！嗚……」

意外與美國特情局有過交情的探員、艾莉緹時隔六年的「爆炸」相逢後，我們實在沒多少機會寒暄，她們將我解銬並確認周邊安全，隨後直接跳上了預備好的車輛上演從ＵＡＤ據點死裡逃生的戲碼。

當時，準備加速逃離、艾莉緹丟了一把防身用步槍給我的前一刻，我瞟了眼所在「據點」的結構與分布。雖然曾期待是否可以直接藉著「被綁架」的這個機會一口氣深入虎穴、回頭衝進可能藏有「統合系統」的機構。

——我們的目的是癱瘓ＵＡＤ設施的運作，使那些人工智慧全面停擺。

不過在快速環視周圍，見到各種以鐵皮、報廢車輛補強的圍籬，以及看上去搖搖欲墜的建築組合後，那裡是「全球通用ＡＩ軸心機構」大本營的可能性即被我果斷否定。

這裡並非我與紗兒他們此行所該面對的「最終目標」。

不過是個小小的、沒有多餘情報可榨的藏身據點罷了。

順帶一提，因為逃出據點時過於緊急，到現在艾莉緹都依然是神乎其技地維持著高速倒車的狀態橫越重重障礙。

「那些幫我們殿後的人，他們沒問題嗎？」

我半身探出車窗，在流動的空氣中試圖瞄準窮追不捨的無人機。

但要在搖來晃去的的小客車上擊中目標比想像中還要難上數倍。

「別看他們人數少少的，好歹也是一起打了三四年仗的老兵啊。」艾莉緹猛力操縱著方向盤，眼珠子於後照鏡與外部景象間來回移動。「先別顧他們了，我們活著回去比較要緊咿咿咿——！」

一架「獵犬型」蹦地跳上引擎蓋，瞬間的衝擊嚇壞了努力控制車體平衡的艾莉緹。在各個被拋棄、損壞了好幾年的車輛形成天然障礙物的擁擠道路上，她很難找到時機讓車體做出大幅度的甩動而不至於釀成車禍。

只見趴在引擎蓋上、眼泛紅光的機械正準備以針刺擊破前擋風玻璃，我二話不說用最大的力氣平甩出手，曾在命懸一線之際拯救過我不少次的鉤索劃著曲線由手腕的裝置射出，前端牢牢釘進了「獵犬型」的側邊裝甲。

我扯緊短距離擊發的鉤索，在它還來不及驚愕前，就狠狠地往路面甩去，被高速磨擦的無人機碎成滿地的零件殘渣。

一路追逐的過程中，我少說也已經放倒了五架以上的「獵犬型」。

然而這些量產的殺戮機器就如螞蟻一樣源源不絕。

如果是故意要放走我，至少也別派這麼多追兵……我想起萊修離開前嘲諷的嘴臉，坐回車內並再度舉起槍。

剛有這樣的想法，一閃而過的街口又冒出了好幾架「獵犬型」。

「啊啊~怎麼這麼多，煩人!!」

艾莉緹懊悔地瞄向腋下的槍套，應該是巴不得馬上將手槍拔出來給那些鐵塊吃幾記吧，可惜緊握方向盤的雙手根本毫無餘裕。

「艾莉！很抱歉現在才這麼說，但就不能再開快一點嗎？」

「別強求了，這只是輛上世紀末產的福特警車，還是偷來的！」

「蛤？」

雖然在見到的當下就知道這是輛老車，但要偷也偷堅固點的啊！

「不對，講錯……是**借來**的！而且我是在**倒車**又不能多快！」

「警察單位不早就……算了，快點讓車子回正，他們愈來愈多了！」

「我・在・尋・找・空・隙！」

依舊活躍中的ＡＩ無人機數量之多，讓我好奇艾莉緹她們到底怎麼在如此苛刻的環境存活了六年之久。

另一個重點是，為何ＵＡＤ，一個人類的研究機構，能夠**派遣唯有「殲滅人類」此一指令的ＡＩ無人機、命令他們為人類作戰？**

彷彿是……回到了世界大戰起初，無人機還服從於人類軍隊的時代。

跟之前提到的，真正操控全球ＡＩ無人機暴走的幕後黑手有關嗎？

還是說我們逃出ＵＡＤ據點、剛好被無人機發現並衝突只是偶然？

自從來到這塊土地後，無數疑問早已堆滿腦海。

但現在不是想這種事情的時候。

我屏氣凝神，以難得精準的一槍刺穿了另一個「獵犬型」的腦門。同一時間，我們所駕著的福特終於駛進路寬相對開闊的區域。

「就是現在……！」

判斷有足夠的調頭空間，艾莉緹放開油門並向左橫打方向盤，同時輕輕踏住煞車，原本反向行駛的車身巧妙地呈J字路徑旋轉，輪胎吃力地摩擦路面，卻也讓車身成功轉向。前後景調換，她駕輕就熟地換檔、將方向盤打正並猛踩油門，往復的汽缸活塞重新發出低吼，以方才未有的高速帶著我們向前衝刺。

原本緊追在後的大群「獵犬型」終於漸漸被拋遠。

「福特的車型就是這點讚啊。」艾莉緹似乎因高難度車技成功而自豪。

『長官，他們……**海象**移動了，妳們可能會被鎖定！』

歡喜沒多久，胸前掛著的無線電傳來通訊，她聽到後不耐地咂舌一聲。

「有夠不妙的吶。」

「怎麼了？」

「那群人竟然如此不惜手段，連對空專用的『海象型』都給搬了出來。」艾莉緹額頭冒汗。「看來他們很想要把你抓回去呢，亞克。」

海象型……那就是深夜把我們轟到墜機的武裝ＡＩ無人機嗎？

（果然是有我們情報外的未知「新型」。不過……）

我再度回想剛剛與萊修的對峙。「真搞不懂**他**到底想幹麼……」

「什麼？」

「不，沒事。那現在怎麼辦？」

「我快開進電子結界的安全範圍了……在那邊無人機是無法繼續追擊的，只希望殿後小隊有成功擋住人類追兵就好。」

更希望它們也能活著回來——她尚且稚嫩的臉上閃過一絲焦慮。

周遭少了「獵犬型」的嘶吼，突然變得安靜許多。

我持續注意上空眨眼之間就可能穿越都市叢林殺過來的導彈，艾莉緹也不時採取迂迴的路線盡可能靠著建築的陰影處駕駛。

但一直到我們安然抵達目的地，都沒有再聽見它們的殺戮之音。

天空還是如此清淨。

††

「簡單而言，如今的UAD是一個表面上『奴役』著無人機、由人類叛亂分子組成的組織。他們已經不再是單純的研究機構了。」

艾莉緹單刀直入，我才剛「進入」這陌生的空間不過十分鐘，她就開始對一無所知的我共享現有情報。

關於現今的「紐約市」的情報。

「表面上？」

「嗯。亞克也知道的吧？哪怕是握有能夠控制全人工智慧的『王牌』，區區人類在科技文明暫時斷絕發展的這個時代，也無法回溯工程、顛覆AI無人機的指令已被覆寫的事實……啊，詳細的晚點再和你好好說明。」

「瞭解。說起來妳們這個據點，該怎麼說，比預想中的『豪華』啊。」

「說什麼呢，也不過是一堆破銅爛鐵勉強拼湊的。」她誇張地擺手。「大功臣還是要歸功於十年前就預先改建成符合災害避難基準的那棟大樓。」

艾莉緹她們的據點意外嚴密而而穩固。

除了駕車駛過的那幾個電子干擾結界——能夠讓機械的感知功能產生「此區域不存在」的訊號認知——的發信柱，與臺北舊家的設計如出一轍外，在停車後走路過來的路上也設有多個檢查哨。而通過重重關卡後，這座我曾於六年前造訪過一次、古色古香的紐約公共圖書館便聳立於眼前。

石漆斑駁的六座大圓柱依舊支撐著莊嚴的本館。

上升的階梯除了主要通行道外層層堆疊著鐵絲網與沙袋。

曼哈頓唯一存續至今的大型避難所，正默默守護著其中的倖存者。

我們走進一間氣密室，艾莉緹向我解釋過這是用來消毒與檢測異物、乃至排除無人機身上常見的奈米級金屬的簡易裝置。

不過一會兒，濁氣排出，氣密室內的警示燈「叮」的一聲切換回白光。進入旋轉門已被拆卸的正門，艾莉緹與大廳櫃臺前、應當是最後一個檢查點的哨兵打聲招呼，即領著我往樓上走去。

「這麼說起來，確實ＡＩ無人機暴走後還會聽令於人這點很奇怪。」

從去年開始這些無人機的行動就在顛覆我的印象了。

我邊走邊托腮苦思，看到我這副模樣，一路上很少笑的她也出了聲。

「哈哈哈，看來你還有得吸收的咧。」艾莉緹手放上面前加固的門板。

「總之，先恭喜你我安然抵達了。」

與深色木造拱門不搭襯的鋼板門背後，些許人聲紛雜。

那是我這些年來，在河口湖基地以外的地方，所感受不到的熱鬧。

叩，叩叩叩，叩叩。

隨著艾莉緹敲出的暗號，沉悶的卡榫分離聲由門後傳來。

「這裡就是我們的最後掙扎之處，紐約公共圖書館行動基地。」

門扉敞開，富麗堂皇、金亮而寬闊的閱讀空間——

並不存在。

像是一塊拼湊了數不清電子元件的主機板，長寬加總超過百餘公尺的主閱覽室內，共十八座懸掛於房頂的大吊燈僅點亮了不到四分之一，多數光源是靠著外部透過窗柵打進來的自然光與檯燈維持。

其下的幾十張長桌則被各自合併為不同大小的區塊，有看上去用於情報監控、擺滿規格不整齊的電腦設備的工作站；也有後方貨架堆積如山、專門發放生活必需品的區域。補給品區、武裝配備區、文件手續辦理區、甚至還有製作週報提供人們新聞的攤位……多數僅用布簾隔開的獨立區塊，各坐落圖書館的一隅。

原本兩側一長排的無數藏書，也一格格被置換成了擺設必需品的櫃位，恐怕有不少書籍已經成為過去數個冬天中，暖爐裡燃燒的灰燼了。

腳步聲來回紛沓、對話的聲音不斷傳過耳際，似乎他們衝進UAD據點營救我的行動還在持續收尾的樣子，專注到壓根沒注意到我已站在此處。

不統一的拼裝車——我很想如此形容。

但眼下恐怕是他們奮戰數年才好不容易換來的成果與安穩吧。

「說起來，艾莉……」

繁忙走動的人裡頭，有穿著老舊迷彩服的軍方士官；看上去是雇來的、穿著迥異且大包小包的傭兵；也有特情局制服樣式相對統整的探員。

「難民……非作戰人員的一般民眾的數量，是不是有點少？」

再次環視巨大的閱覽室，幾乎見不到身著日常服的一般民眾。

（還是說這片主區域禁止民眾進入呢？）

「……你發現啦。」

「所以是？」

「雖然多數收容的民眾都在地下的藏書庫、或是後方依然於保護區內的公園生活，不過……」艾莉緹嘆息。「我們所能救下的人數不多。」

當時的災變來的太突然了。她補了句。

「這樣啊。」

我再次回想起隔了一片太平洋外的故鄉。

至少艾莉緹她們成功守住了一片疆土。

我呢？

就這樣與紗兒無所事事地活過了五個年頭，然後，什麼人都沒能救下。

最後還是靠著特災局意外倖存的夥伴們將我們帶到日本，才知道有另一片於ＡＩ無人機的暴走攻勢中留存下來的天地。

當時的我……

「希、希莉安瑟絲指揮官！」

一道從情報監控區傳來、陌生而老成的聲音打斷思緒。

「殿後小隊回來了！全員安然無恙！」一名軍官大聲宣揚道。

主閱覽室內的眾人都發出了不小的歡呼。「喔喔太好了～」「成功了！」等語句此起彼落，像極了成功發射火箭進入太空後的慶祝氛圍。

（指揮官……？）

艾莉緹向軍官點點頭，對疑惑的我拋來羞澀卻又自信的笑容。

「啊，忘了告訴你，亞克。」

她朝自己舉起大拇指。

「我可是這裡的頭頭哦。」

「頭……」

我忽然憶起多年前的往事，誇張叫道：

「妳、妳終於從萬年菜鳥升官了！而且還是指揮官!?」

「喂，打你喔。」

嬌小的少女作勢掄起拳頭。

††

輕描淡寫地將我介紹給眾人並慰勞剛返回的小隊後，艾莉緹馬上把我拖進了文物展覽室改裝的會議室，免得激動的人們對我這異國的訪客窮追猛問。

年紀輕輕的她貴為指揮官，公務繁重，應該是想盡快將現有情報交接給我然後安排去處吧。

當然，包括紗兒他們的下落我也想趕緊展開調查或從艾莉緹那邊問出一些消息，可惜自己的通訊裝置大概是被萊修的手下拔走了，聯絡不上。

她輕輕闔上門，我選了張還算乾淨的椅子坐下。

微塵由半碎的窗戶飄進展覽室。

夏日午後的乾燥味襲向鼻腔。

但才剛閉眼休息不過一秒，向日葵清新淡雅的香氣就這麼撲到我的感官上，蓋過了那無機質的乾燥。

詫異了半晌回神才發現艾莉緹已緊緊抱住了我。

「艾……莉？」

「別說話。」

我乖乖閉上嘴，感受金髮嬌小身軀的重量。好輕。

起初她什麼話都不說，讓同樣被命令別開口的我略顯尷尬。但過沒多久，就能清楚感受到僅僅比我小一歲的少女身體傳來的顫動。

那是混雜著害怕與喜悅、淚與情的顫動。

我還無法理解艾莉緹突如其來的舉動，她就顫著聲說：

「你回來了。你真的回來了……！」

——我總會再來的。

這些年頭，我差點忘卻那看似無關緊要的小約定。

雜亂的金髮落在肩頭，原以為她只是對於「感動的相逢」小哭一會兒，沒想到她的聲調卻開始變得有些泣不成聲。

「喂，呃，妳還好吧？」

「我……你……太慢……我一直一直都是自己一個人！」

繞到背後的小手抓得更為用力。

罩在披肩下的她抬起頭。

「每個人每個人，都拋下我獨自一人在這邊等死！但是，那些人每天看我的眼神，都、都是充滿了……希望。呵。希望？」她已近乎歇斯底里。「我根本不強、卻必須天天裝得、裝得、裝……」

忽然的停頓，艾莉緹的眼神變得更加迷濛。

「我……我已經受夠了，夏洛特、傑森、提馬、麗茲、安潔莉婭、邦恩……為什麼，每個人都這樣子，嗚……………」

夏洛特。這個名字我有印象，是她的直屬長官，難不成已經……

我直視她的眼眸。翠綠的虹膜之上，停不下的淚珠不斷遮蔽她的神智、擋在她與我的鼻尖之間。

艾莉緹露出**笑容**。但與其說是開心，不如說是趨近於病態般的咧嘴。

「不過……哈，幸好你來了，你來的……對，你來了……！」

她開始抓著自己心臟的位置，大口喘著粗氣。

（她現在精神狀況極不安定，怎麼回事！）

「冷靜一點，艾莉！」

體格不像是成年女性的她，現在就像是攀附在小舟側邊的溺水者。

因為小舟過於溼滑，無論怎麼使力都只是打水掙扎。

發狂似地求救、卻又猶如溺水而亡好像也無所謂——

艾莉緹的瞳孔深處正傳遞出這樣危險的信號。

「沒事的，我在這邊，不會再有人棄妳於不顧的！」

淚顏下毫無喜悅之情的「笑容」瞬間收束。

「騙人。」

眼淚突然地乾涸、瞳孔突然地縮放。

此刻她的語氣，變得低沉而空洞無比。

「欸……？」

「你們每個人都這麼說。都是同樣一句話。卻沒有半個人回來——」

——**全都死光了。**

不該從她口中說出的恐怖話語，瀰漫燥熱的微塵。

「每個人都是騙子。出去之後，就在也見不到了。騙人。」她不明所以的心境轉換得比翻書還快，不出幾秒又泫然欲泣。「好黑……好黑暗。自己一個人，拜託不要留我一個人在這邊…………」

——情急之下，已經顧不得分寸了。

「艾莉緹・希莉安瑟絲！」

我伸出手，用不至於傷人的力道，將她的頭與身子按在我的臂膀上。

因為猝不及防的拉近，艾莉緹也反射性地嚇了一跳。

「別怕。我在這邊。就跟六年前一樣。」

慢慢將她的頭髮梳平，像是對待小妹妹般，我緊抱她脆弱的心靈。

「當年如果沒有妳，我也難以獨自面對陌生的城邦與世界。我也有失去過重要的人，現在的我也無法挽回那個結果。」

——伸出的手妄想抓住縹緲的空氣；熟悉的聲之影消失在塵砂之中。

「但至少我們都還活得好好的。」

甜甜圈的馥郁留香於往憶的脣齒之間。

夕陽悄悄落在哈德遜河畔的城際線。

「那個夏天，我因為妳而認識這片土地——妳不是孤身一人。」

聽到這句話，懷中的她睜大了雙眼。

淚光再次泛出無痕的空氣。

時間緩慢流逝。也沒有特別去偷看她究竟是還在無聲哭泣、抑或純粹不想說話。

在我感覺她的體溫已經開始比窗外透進的日光還熱時，艾莉緹終於輕輕道出一聲稚嫩的短句：

「謝謝你。」

她的聲線回復正常，看來是脫離那種「狀態」了。

我們雙雙放開手，艾莉緹迅速站起身（應該說跳起來），以誇張的動作吸氣吐氣後，俏皮地擺出了比ＹＡ的手勢。

「行，我現在好多了。完全不用擔心囉！」

我呆木若雞。

應該說，彷彿剛度過一場劫難，身體整個癱軟下來。

（剛剛那一切到底是什麼，好可怕。）

我不禁開始擔憂女人這種生物是不是都有雙面的精神狀態。

「那幾個傢伙也是這樣啊……」

「嗯？」

「不，沒事，別理我。」

再讓她變回那種類似於創傷後壓力症候群的狀態可不好。

另外改天問問白石櫻她們關於女性心理狀態是不是都如此起伏不定吧，她應該不至於殺了我。

應該吧。

「……抱歉，剛剛的樣子，應該很……難看吧？」

艾莉緹搓著雙手，面露歉意。

「我自己近幾個月，時不時就會跑出那樣的人格……雖然沒跟部下說，也沒在任何人面前變成那樣過。但有時候太累恍神了，好像就會那樣。」

「妳……」

妳或許該休息一下。

這樣淺薄的安慰之言被我吞回喉嚨。

「這六年來，有多少……發生了些什麼？」

見我直言不諱，艾莉緹一五一十地闡述紐約從「大災變」開始，直至今日的一些重要變化。或許有大部分瑣碎的事情、還有UAD目前的狀況沒被提起，不過包括臨時聯合軍的戰線推進、AI無人機的動向，以及當時的代理指揮官夏洛特・布朗被殘忍謀殺的事情，她都面不改色地詳述。

過程中我皆小心翼翼地觀察她是不是又要開始心神不穩，所幸艾莉緹好像沒什麼大幅度的變化，深入淺出地講完了那些過往的紀錄。

「我才正好奇為什麼都沒有更年邁的將領……原來發生過這種事。」

「是啊。夏洛特就像我的大姊，失去她的確一時難以接受。」

艾莉緹故作堅強。然而任誰都看得出，那只是像黑咖啡般的苦笑。

我知道她是一個比任何人都還努力向上、堅強的女孩。

也因此，身為同伴，我能做的並不多。

「難受的話，隨時都能跟我說的。至少這段期間，我都在。」

我將右手前伸。

被「邀請」的對象面帶羞澀，卻反而頑強地回應道：

「你可真會說漂亮話。」

她沒有將手放上我的掌心，而是抬起我的手腕，活潑地擊了個掌。

「好！對大哥哥撒嬌模式就到這邊～接下來要講正事了呦。」

艾莉緹嘻嘻笑著，回歸那個開朗而堅強的「指揮官」。

現在的她，看起來既耀眼、滿懷希望，又讓人想寵溺疼愛。

我想，在這個行動基地的眾人，也是因此才願意追隨年少的她的吧。

（但究竟哪個才是真正的妳呢？）

不久前發生的混亂，讓我對這名曾相處短短一週的女孩有所改觀。

但，也許，這種猜想就先放到一邊吧。

她看起來沒事了。我如此相信著。

只有我與她的空間，在重新充滿活力的光塵中。

特災局眾人的去向與嚴峻的戰況，由艾莉緹接續敘說。

††

「另外，亞克，我想最好先導正你一個觀念，這樣你才知道日後真正該面對的敵人是誰。」

「請說。」

艾莉緹神情嚴肅。「那群在ＵＡＤ『管理之下』的ＡＩ無人機，請將它們與ＵＡＤ組織本身分別視之哦。」

「因為ＵＡＤ還是有人類的關係？」

「是……即使是我們恨不得馬上處刑的人類叛徒，他們依舊是人。」

我與艾莉緹兩人領著一個五人小隊，在廢棄的曼哈頓進行巡邏偵察。

後方的其他探員、前士官們一語不發，不是在警戒著周遭的狀況、就是早已熟悉這一塊區域的地圖與敵人分布狀況，顯得相對愜意。

在一個街口前的牆角蹲下，艾莉緹接續說出重點。

「針對那些火力強大並有領導體系的ＡＩ，我們通稱——『**軸心**（Axis）』。」

軸心……「全球通用ＡＩ軸心機構」取中間兩個字，真好記。

昨日下午，艾莉緹提前和我敘述了目前大部分的情況，包括他們有確實觀測到我們特災局的機隊於高空被襲擊而迫降的事件。

然而，畢竟事發於凌晨，輪班於高樓頂的偵查員稀少、經過暴雨的洗禮能見度又很低，導致紗兒他們降落的確切位置無法掌握。無奈夜深危險，偵查員也無法一路直穿危機四伏的城市進行勘查……畢竟敵人不只是那些**鐵塊**而已。

只知道——旋翼機最後的光火，消失於中央公園的北邊。

找到特災局的夥伴並會合，也是我們本次巡邏的目的之一。

僅僅半天，艾莉緹就俐落地替我辦完了「入園登記」手續、提供我合手的武器（因為愛槍被UAD沒收了）、並在深夜的自我介紹與和其他行動基地的老兵們交流、互換情報後，馬上將我編進她的小隊中。

之後的說明中，陸續聽聞了紐約遠比想像中還嚴重許多的災情、萊修所蠱惑的UAD霸道的行徑，以及多數區域在艾莉緹他們的勢力控制範圍外的事實——昨晚似乎還有失控的大型無人機在中央公園作亂，搞出了不小的聲響。

現在，又知曉了「軸心」人工智慧的威脅。

以及那個來自於深淵的、**殘響**的**真面目**。

我不知不覺間面色凝重了起來。

見我如此，艾莉緹拍了拍我的手臂：

「別擔心啦，」她試圖鼓舞著。「你不都說他們的戰力遠比UAD弱雞們高了嗎？那只要不遇上難纏的AI無人機就好了。」

「唔，我擔心的倒不是那點就是了……」

那傢伙沒有因為墜機而被「破壞」的話，真不知會不會惹事生非。

隔了一日，天氣依舊晴朗無比。比起我以前常待的多雨氣候，此時的天際少了人類活動的烏煙瘴氣，更顯清澈而碧藍連天。

祥和萬里的藍幕上，甚至不見一絲棉絮的尾巴。

紐約市中心的叢林，正安靜的呼吸著。

儘管才剛來到這片熟悉又陌生的土地兩天，但立刻就能發現大自然奪回主權的方式與速度，都與其他地區大相逕庭。

看起來，好像是以素有都市綠洲之稱、總面及達三百四十公頃的曼哈頓中央公園為發源地，所有的草本植物、常綠樹木、帶刺灌木與針葉林等，皆由四通八達的方格街道向外延伸。

在幾乎杳無人煙的廢墟，植物們依然遵循著都市當初規劃的本意。

侵蝕進被駕駛拋棄的車輛、取代沒有服務生站臺的店家。

卻也因為ＡＩ無人機並不集中於特定一處，而是零散於上中下城各區遊走，使得道路中央往往除了年久失修的柏油路外，雜草也不敢蔓生。

不然只會變成那些機械腳下被踏扁的螻蟻之一。

此外，就算人類「極多數」已經消失無蹤，除了我們以外……

「停。」

我們全隊在一輛曾經販賣熱狗與巧克力棒的餐車後蹲下。

「敵人？」我悄聲打開槍枝保險，被分發到的是把舊式的 M4A1 。

「不是。但也不是你的人，他們還活著的話應該會在更前方。」艾莉緹撿起被撞掉的餐車後照鏡朝外瞧了眼。「是**更麻煩**的。」

方才蹲下的前一刻，我也瞄到了遠處的那個動靜，應當不是無人機才對。

身旁名叫佛魯特的軍官發聲：「有三個人，隊長，這下可不好動作呢。」

「對啊，真糟糕。偏偏是『**拾荒者**』嗎……」

拾荒者。

特情局與殘存反抗軍穩固了行動基地周邊的局勢後，一慣都會給不同的勢力群集一個統一的稱呼，方便溝通與執行任務。

能夠毫無猶豫擊毀、幹掉的對象，當然是軸心的武裝ＡＩ無人機。

ＵＡＤ那幫人，則是能打打跑則打跑、難以勸降則動用致命武力。

而也是於昨日提到過，最不具殺傷力，卻也最難處理的對象，就是數量極為稀少，但依舊徘徊於紐約各處，宛若失智的亡靈、又跟遊民一樣無家可歸的倖存**人類**。

他們被稱為「拾荒者」。

「佛魯特少尉，你那個角度能否觀察到他們有無攜帶武力？」

「我試試看。」只見他穿過其餘四人到隊伍尾端，壓低身子窺看。

「無法納入避難所救濟……我大概瞭解妳那時的意思了。」

「能讓你早點見識到也好呢。原本對於任何可能的倖存者，哪怕是一名孩童我們也定會全力救援。」

艾莉緹略顯失望、卻也無奈地盯著那三兩拾荒者的動向。

「但這些已經喪失心神、生活的一切被ＡＩ無人機的暴走搞得一團亂的可憐蟲，在我們第一次見到時就像是個疑神疑鬼的……呃，精神病患。」她謹慎挑選辭彙。「不僅對於加入避難所保證人身安全的機會毫無反應，有私人槍枝者更直接二話不說朝我們胡亂開火。」

甚至曾有隊員因此而喪命──艾莉緹臉色蒙上一層陰影。

「沒能及時保護所有人……是我的失職。」

──在艾莉緹「發洩」完異常的情緒後，我等她先出了開會用的展覽室，表明自己待會會再跟上後，才於她走遠時朝著沒人的空氣低語。

「**你**剛剛，都在偷聽對吧。」

空氣沉默。果然如我所料，一個人不久後推開隔壁展覽室的門。

「先生的觀察力果然過人，如傳聞一般呢。」

由門後現身、容貌尚稱年輕的男子略帶歉意地攤手。

「這間展覽室的隔音沒有那麼好，我調查過。」我敲了敲牆板。

竟然犯下了這樣的失誤，男子自嘲。隨後畢恭畢敬地行了個軍禮。

「還請容許我剛剛那段時間的失禮，亞克上校。」

「就不用這麼循規蹈矩了，我畢竟不是你上司啊。」我不好意思地搔了搔臉。「而且你應該也沒有惡意吧。」

「啊哈哈，該怎麼說呢……正如您所言是沒有心懷不軌的，不過偷聽也的確不是件好事，嗯。」

真希望他打從一開始就有這種自覺。

「沒出什麼事倒也無所謂。想請問你的名字是？」

「啊，抱歉！忘了自報姓名。我叫楊桓，桓木的桓，只是一名……小小的哨兵而已。」

「欸？你的姓氏……」我看著他偏黃的膚色。

「是的，我大學時才搬來美國長居。沒記錯的話，與先生算是同鄉吧。」

怪不得，我對這初次見面的人有股熟悉的感覺。

「知道了特災局還存在、並聽聞先生來訪後就一直很好奇，請問……」楊桓欲言又止。「既然您都可以遠渡重洋來到此地了……臺灣，安全了嗎？」

即便來到異地，遊子依然心繫故鄉。

「這個嘛……」

我一時間也對這精采又悲喜交集的故事難以啟齒。

但能夠讓憂心的人們多少放下一些，也是我們之所以戰鬥的理由之一。

「雖說還有很長一段路要走，但已經在重建中了。」

楊桓的驚異之情溢於言表，不知該感動還是鎮定地接受這個消息。

「這、這樣啊。真不知道該如何感謝各位『英雄』。」

他從軍禮換成了標準的深深一鞠躬，想從不好意思的感受中脫身的我連忙轉換話題。

「對了，艾莉……緹，的事情，你以前就知道了嗎？」

「噢，對，我也是為了這件事才想跟您搭話的。」

看上去有些少根筋的成年哨兵手靠在牆上。

「基本上整個行動基地幾乎沒有人知道希莉安瑟絲……長官那副模樣。因為她不會在我們面前示弱啊，總是一副樂觀的樣子很受人喜愛。」

「那確實是她的個性。」我會心一笑。

「是的。但該怎麼說呢，長官她……曾經失去了太多，也背負了太多。」他望著空蕩的展覽室空間。「我是兩年前才從難民的身分正式升格並『從軍』的，我也是有個弟弟想保護啊。總之，那個時候，布朗指揮官還在任，雖然食物是缺了點，但大家都還過得了日子。直到那件事發生……」

夏洛特・布朗遭敵軍，UAD的極端份子無情殺害。

「後來她接下了指揮官的重任，看上去也跟我們其他人一樣難受，但除此之外沒什麼精神崩潰的跡象。可是我好歹也是大夜班輪得最勤的哨兵，時間久了也察覺了長官的異狀。」

望著楊桓的側臉，才發現他削瘦的面容尚有著不淺的黑眼圈。

「大約每個季節一次吧，她總是會在太陽尚未升起的奇怪時間點外出獨自巡邏，各式各樣的理由都編過呢。而當這種時候，有要事須透過無線電聯絡她時，都能聽見另一頭河岸波浪的濤聲。」

哈德遜河的寧靜波光。

想必那是某個，艾莉緹喜歡獨自待著、回憶故人的所在吧。

我靜靜聽著楊桓接著訴說：

「那時我就知道，長官她肯定是跑到沒有人知道的地方偷偷哭了。每次回來的時候都沒有好好掩飾紅腫的眼皮呢。」

「……很符合，她倔強的性格呢。」不知不覺間，我也被拉進了楊桓語句中的那份傷感。「不過我以前也都不知道這些。你能告訴我，我很高興。」

「是啊。雖然不是說有什麼長幼有序的刻板觀念，但看她還這麼年輕卻如此痛苦，身為比較年長的部下還是會不捨的。」

陽光照映的走廊上沒有其他人，只有我與他兩個人沉浸在回憶中。

我輕咳一聲，示意自己還有很多手續需要辦理後才讓楊桓回神。

「唔嗯，總、總而言之，儘管是初次見面，不過希望接下來能與您能做朋友，哪怕來日不長，有機會也和我說說您所認識的小不點長官吧，哈哈。」

我以真摯的微笑回應。「那當然。」

他再次和我道謝，並指引我艾莉緹辦公室的方向。分別前，他又回過頭來對我拋出幾句：

「還有就是，雖然她剛剛鬧成那樣不過……」

不知是長官「出糗」的歉意、還是出於拯救了同鄉的謝意。

當時的下一句話深深烙印在我腦中。

「您的到來，肯定是給了她不少**救贖**吧。」——

——不經意憶起昨日午後的插曲，讓自己現在的回應更加自然。

她根本不需要自責。

「妳們已經努力過了、勸說過了，那些拾荒者依然無法配合的話，那也是情有可原。」我調整持槍的姿勢。「換作是我，也會這麼做。我們不是聖人，總不可能保護所有見到的生命的。」

我加重了語氣。

「所以不要說什麼失職。別一個人背負太多了，艾莉。」

艾莉緹是否一直在等著有人向她說出這句話呢？

在脫離那同樣的苦難、知道還有更多人與我一同並肩作戰後，我不禁在身形瘦小的少女身上望見自己過去的影子。

雖說不認為一句話能輕鬆解開她的心結……

「說什麼大話。」

雖然小小駁斥著，她還是釋然地微笑了。

那笑意比起先前，帶有更多的真誠。

「那群拾荒者走遠了，隊長。他們也沒有武力。」佛魯特重新回到隊列。

「比起擔心我，現在的亞克更應該擔憂自己夥伴的安全吧。」艾莉緹對佛魯特點頭表示已收到狀況。「放心啦，我們一定會找到他們的。派遣於各個摩天大樓樓頂的偵查員視野良好，一有情報必定會馬上回報……」

話音剛落，無線電就在幾聲雜音過後傳來報告：

『指揮官，這邊是五十九街的通用汽車大廈小組的喬，有事稟報。』

在心跳漏了一拍的間隔後，艾莉緹沉穩回答。「說吧。」

『中央公園還沒過八十六街的中央大草坪東南角，有人類群體移動的蹤跡。此刻正朝南方前進中。可能不久後即會與指揮官的小隊接觸。』

「能判別是敵人、還是亞克上校失散的特災局成員嗎？」

『關於這點還……哇！葉堤，你幹什……』

『……被看……了，快躲……開…………!!』

另一名男子驚慌失措地插入通訊背景，在幾聲斷續的跌撞音後，無線電完全陷入靜默。

取而代之，我與驚呼的艾莉緹面面相覷。

另一個太過於巧合的聲響占據著我們當下的思考。

狙擊步槍開火的彈音，響徹綠木盤踞的中央公園。

【第四章】 封鎖線3.41

「**亞克呢。**」

「……」

「再問一次。**亞克在哪裡？**」

在他人眼中，我銳利的藍眸恐怕比永凍的冰刺還要冷漠而殺氣騰騰。

被質問的對象輕嘆：

「就算是余，也無法定位區區人類的位置吶。」

「妳有責任保護同機的亞克，與他一同進退。」

我一動也不動地拿著手槍抵住希萊絲，雖然也見識過她讓槍械無力化的伎倆，但好像不這麼做，就根本無法威嚇倒她。

四周是無窮無盡的草木橫生。

上空是雨過天青的無瑕碧藍。

迫降的旋翼機殘骸白煙陣陣。

希萊絲衣裝襤褸，顯然是她所搭乘的那一機失控迫降造成的損傷，好不容易讓人員保下小命的機師也早早列入了重傷員的名單中。但她不慍不火，翹腿隻身坐在傾倒的樹幹上，正對我所散發出的寒意。

「莫非汝要我接管整架航空器的操縱權？這可就對不住機師了。」

「……」

換我無話可說。

沒在毫無徵兆的夜襲中被擊墜而生還的眾人，都死死盯著這一觸即發的場景。時過正午，大家額間也冒出了幾滴除了倍感炎熱的生理反應外，因為不安而流下的汗水。

我持續著無意義的追問。

「大難不死的妳，就無法提供一點點情報嗎？」

「分隊長，我覺得現在不是做這種事的時候……」

一名隊員試圖緩頰，但這快要令人窒息的空氣讓他不由得住上嘴。

同時我眼角餘光捕捉到席奈帶著他的小隊回歸。

「呃，欸，那個，紗兒……分隊長，我們已經將旋翼機藏好了。」連席奈都用上了敬語。「排除亞克大哥那架報廢的，如果還有回程，就只剩兩架了。」

懼於我那生人勿近的氣場，沒人敢有進一步的作為。而希萊絲則半睜著眼，擺出一副無所謂的姿態。

——再繼續僵持下去，會拖延我們找到亞克的時間。

我逐漸接回的理智如此告訴自己。

（看來我現在的樣子太恐怖了嗎……要是讓他知道又會被罵的。）

我努力控制自己的情緒，體內的能量集中、收整，好不容易才讓眼中差點迸發的光輝熄滅並消散於虛無。狀態切換。

「抱歉大家，失態了……另外我有空再找妳算帳。」

「余相信汝會得到機會的，小姑娘。」

遏止自己惱羞成怒的狼狽樣，我將手槍插回腰間並開始統整情報。

當上級將官於任務中失蹤、迫於情況讓出位置，指揮的職責便應交由下一級的人員行使。雖說席奈比自己資深，但他常說自己不是指揮的料、亞克也接受了這樣的提案。於是這重責大任——就落到了身為戰役行動分隊長的我頭上。

我得在他不在的這段期間，扮演好指揮官的角色。

我能扮演好嗎？

情緒已然緩和的我抬起頭，發現在場所有人此時此刻都在等待。席奈也朝我比了個「讚」的手勢。

也許不知不覺間，我自己已經在軍中建立起能被信任的形象了……吧。

「嗯哼……首先，那個，來整理一下現在的情況吧。席奈前……席奈上尉，你剛剛一趟來回有發現什麼嗎？」

「報告是！」席奈聲音宏亮的回答。「剛剛我在附近的商場、地鐵站、住宅區都繞了**一小圈**，沒見到任何人、也沒有任何活動中的武裝ＡＩ無人機。不過倒是有意點值得紗兒留意哦。」

席奈一副想賣關子的嘴臉。

「呃，請繼續啦。」

「好好好。總而言之呢，就是明顯為**人類居住活動的據點**，很多。」

「據點很多……應該不是指原本就存在的民宅部屋吧？」

「當然不是~是在說『大災變日後』才建立起來，並看起來在近日有生命活動跡象的據點。」

人類生命活動……！

「但、但席奈上尉，你不是說沒見到人嗎？」

「是啊，這就是奇怪的地方了呢。畢竟我們這兒的騷動應該不小，光是飛機引擎聲就足以傳過兩個街區了。」

沒有看見人，卻有災後據點的存在。

「難道是不敢隨意出來嗎，畢竟可能還有無人機……」

人去樓空的可能性也有。畢竟依席奈的眼力，不會放過任何動靜。

又或是，那些據點本身是屬於**潛在人類敵對勢力**的——先前的任務簡報中有提過此一變因。而現在，我們或許已經大剌剌地踏進了陷阱。

我再次統整位置情報。

我和席奈兩架損傷輕微的旋翼機都藏在了附近的小公園中，現今所在這個被稱為「中央公園」的超大型都市綠洲，則是依循著亞克那一機迫降時焚燒的煙幕才領著其他人找到這邊的。

而抵達的時候，就只有奄奄一息的機師和隊員，與除了迷彩外套破洞外毫無外傷、呆呆注視著他們什麼都不幹的希萊絲，通訊裝置也連絡不上亞克，因此才會一時氣上心頭。

「——能確定者，僅有亞克是於此地南端十點一公里處墜出機外的。」

希萊絲突兀地冒出一句。

「妳，剛剛……」

「不過那人應該死不了，就**那點高度**喏。」

我眼角抽動，雖然很想罵她為什麼不早講，不過見她那樂在其中看好戲的模樣，就知道這人工智慧愉快犯肯定是故意的。

「真是……………」

那些善於指揮的前輩們，平常都是在執行這麼難的工作嗎？

「好吧，這……我們得知了亞克隊長最後行蹤位於此處往南約十公里以外的地方。」我展開虛像地圖投影。「那麼，現在的首要之務，就是穿越整個中央公園與中城區抵達下城，尋找他任何可能的下落與線索。」

儘管挾帶著一點私心，但對所有人來說，亞克既是最可靠的戰力、也是個值得敬佩的領袖……和亞克會合，一定是現在最重要的任務。

「對了，是不是還有三個人沒回來？」

我搜尋著腦內的名單數了數人頭，剛才被派遣去城西進行小型勘查的人員並不在場。

「哦，我剛剛在附近繞轉時有看到他們哦，應該差不多要回來了？」

說曹操曹操到。三名比較擅長游擊的隊員由草叢深處現身。

「分隊長，第二小組三人，現在已歸位。」

「啊啊，好的。」有點應付不來他們的敬禮，我直接開始問話。「有什麼特別的發現嗎？」

「這個嗎……」小組成員互看了幾眼，其中一人代表發言。「我們剛剛有與席奈分隊長碰過頭，如果有什麼分隊長沒講到的，我會再補充。只有一件事，實在有點異常。」

我催促他繼續往下說。

「那就是，我們於地圖上顯示的西一百一十三街附近，目擊到了——人類牽引著型號不明、已啟動的武裝AI無人機的景象。人類所屬不明。」

在場瞪大眼的，應該不只我一個。

除了總是老神在在的希萊絲外，全員顯然都不敢相信。

人類與AI無人機共存著——這不就跟東京當時的情況類似嗎！

「不對……」

總覺得哪裡怪怪的。

然而單憑我淺薄的知識，無法理出破碎情報中隱藏的真相。這種時候就特別痛恨自己太過於年輕、見過的世面還遠遠不足以應付突發狀況。

但至少，對目前的任務內容來說，不會有變化。

「全員注意。」

我下定決心，猛然抬起頭。

「他們……在行前作戰會議中提過的**UAD**，可能已經不是單純的研究機構了，更無法保證是敵是友。同時，也確認了我們未曾面對過的新型ＡＩ無人機的存在。接下來我們要穿越中央公園，先與亞克隊長會合，再視情況作戰。」

謹慎、強力而勇敢。

光行軍可能就得花上一整天。但在陌生的環境，絕不能輕忽。

他一定也會這麼做。

而他，也一定還沒死。

「請隨時做好途中遇襲的準備。」

為了任務的順利、為了找到亞克。

我必須暫時忘掉**亞克不在身邊**的事實。

††

被災變徹底封鎖的城市，紐約，曼哈頓。

與亞克在臺北的廢墟中生活那麼久，還真沒見過有如此狹長而遼闊的公園，能比從臺北車站到信義區某個紀念館的距離還要長。

那是一片完全無人的天然之境。

再也沒有增加人工造景與定期的驅趕後，來自四面八方的動物皆以此為家。也因為如此，在我們小心翼翼行進的途中，很容易打草驚蛇，結果發現只是隻歪歪頭後逃竄的野鹿。

起初隊員們各個都魂不守舍，好像草叢或廢棄的路燈會襲擊他們一樣。

但畢竟身處敵境，我們必須如此、如此、**如此地**謹慎，謹慎到直到夜幕低垂才走了差不多一哩路，並非因為區區小動物的可愛遭遇……

「——全員，退避！」

轟磅——！

偌大的公園裡，有著一接近就會從待機狀態啟動的武裝ＡＩ無人機。

偏偏林木在未經壓抑的環境中，枝葉繁茂到足以遮天、透不進陽光，也因此當我們發現那個「龐然大物」立起身的剪影時，差點就太遲了。

「吼吼吼吼嗷嗷嗷嗷——!!」

比成熟欒樹還要高大的ＡＩ無人機發出足以震撼大地的怒吼。

其外貌既像是陸地最凶猛的北極熊。

又宛如厚重無比的加拉帕戈斯象龜。

「這——是——什麼啊！而且第幾架了？」

「情報呢!?」我高聲傳話。

「在找了，分隊長！」

「呈扇形散開，千萬別進到它的攻擊範圍！補給隊待在最後方！」

話還沒說完，體格龐大的機械驅動它的右掌重重砸向地面，泥土瓦解、樹根斷裂，以掌心向外半徑粗估二十公尺內的一切皆被震碎。那彷彿巨人的致命一擊，幾乎是將整片草地翻了個底朝天，裂痕甚至延伸至已經閃到三十公尺外的我的腳邊。

以極緩慢的速度南下的過程中，也遭遇了不少落單的「獵犬型」。

不過此時眼前的這架無人機，震懾力完全不在同一個檔次。

（好誇張的攻擊力……！）

「——真是令人畏懼的力量。」

就連優雅操作著奈米機械反應素閃退的希萊絲，都給出了這樣的評價。

所幸這金屬覆體的猛獸動作不如「巨狼型」敏捷，要是那巨掌能連拍，真不知道我們能不能撐過哪怕十秒。

「對比出來了！」附近一名隊員大喊。「是只配屬於美國當地、防禦戰專用的『棕熊型』！」

「特點！需要特點！」

「它只會物理性的超廣域地面重擊！還有，身上的裝甲厚到誇張!!」

「謝謝！」

這下根本靠近不了吧。

先不論我們是否能逮到空隙衝鋒，按照敘述，那身防禦理論上不是一般步槍能打穿的東西。

電光刃……我摸了摸後腰，冷靜思考過後——

恐怕也切不開它的腳踝。

我決定將揹於身後、經過特殊改裝的 R93.S 向前一拉，以不過零點二秒的時間瞄準所有ＡＩ無人機最大的弱點——裝載中樞系統的頭部，擊發！

超音速刺出的狙擊子彈，在接觸「棕熊型」頭部裝甲的瞬間，就像是個橡膠玩具朝對角彈開，連一絲刮痕都沒留下。

「天啊！這裝甲也太……」

雖然「棕熊型」沒有遠距離攻擊手段是萬幸，但無論攻擊力還是防禦力都誇張無比的這頭巨獸，眼下根本拿他沒辦法。那致命的近戰破壞力大概僅次於「大蛇」或「九尾狐」。

我抱持著渺小的希望測試了「異能」是否能夠影響它，但也是徒勞無功。不遠處的希萊絲也理所當然地搖了搖頭——她早就失去了統御無人機的神力。

過了一年之後最近的她，好像連**預見未來**都有困難。

白石櫻當時軟禁希萊絲時，也有發覺這樣的跡象。

然而，因「本人」並不在意、也研究不出究竟是遠離「SERAICE」實驗室後造成的負面影響、還是說這樣的能力有發動條件限制。

希萊絲總是用一句「反正也不會用來幫助汝們」隨口帶過。

「紗兒妹妹，還是我全力衝刺給它腳踝裝上『那個』癱瘓這大塊頭？」正預判著它下一個動作的席奈跑到我身旁。

「不行，絕對不行！太危險了。」

（全力衝刺？）

剛想駁斥席奈這魯莽的作為，腦海立刻冒出了另一個想法。

而且，更異想天開。

「喂，小心，要來囉！」

「棕熊型」的巨掌再次高舉，這次是雙手並用的往下狠狠一砸，早已被砸爛的土地更在這一擊後形成了小隕石坑般的凹洞。

再度確認全員皆平安退避，我抓住了席奈的手腕：

「席奈前輩。」

「嘿！是，如何，有想法了？」

有如看穿我的心思，他臉上就好像寫著「我準備接受任何挑戰」。

「你能一個人全速跑到藏匿旋翼機的地方嗎？」

啊，他臉上寫著的東西變成了「妳在開玩笑吧」的訝異。

「妳說笑的吧？」

「我、我沒有。」

「這是**直線兩公里**的距離哦，紗兒。」

席奈甚至忘了給我的名字後面加上「妹妹」。

「我知道。可以的話，想請求前輩盡量在三分鐘內抵達那座公園。」

這名戰應員的嘴巴張得更大了。

「意思是我**每秒得跑十一公尺**？」

「是的。」

「還得全程維持一樣的速度？」

「是的。」

「不能停下來探查敵情？」

「不行。」

「吼嗷嗷嗷!!」

「棕熊型」發出被無視的悲憤吼叫。

「我想單兵前往的話，應該就不用顧慮被敵人發現的風險，吧？」

我盡可能在這片混亂的戰場中拋出迷人的微笑。白石櫻曾教過我，這麼做能讓自己說出的話提高百分之四十被採信的機率。

不過在現在的席奈眼中應該是惡魔的奸笑吧。

「……那我真的抵達的話要幹麼？」他放棄了爭論。

「請啟動其中一架旋翼機的火力系統，並朝我等會兒發送過去的坐標狠狠轟上幾發。」

他表情好似理解了些什麼。

「我的『異能』行不通、也無法接近到近距離戰鬥的話……那是我們現階段所持有的最大火力了。」

沒錯，傾斜旋翼機每機各配有至少六枚以上的導彈。

威力足以擊沉一艘巡洋艦。

想不到聽到我這瘋狂發言的席奈大笑了起來：

「哈哈哈哈！好啊，這夠瘋！沒想到紗兒妹妹也講得出這種無理的戰術，終於長大了呢！」

「要……不需要前輩多管！」

「好啦，總之就是花三分鐘跑過去，把導彈往這邊丟對吧？妳可要確保大家都在轟炸範圍外哦，紗兒妹妹。」

「我會的。」

既然做出決定，就不要輕易改變。

我要完成我所能完成之事——

「那就瞭解了……誰叫我是跑最快的戰應員嘛，唉呀唉呀。」

「對不起，但就交給前輩了。」

「啊，沒問題！」席奈將衝鋒槍揹帶綁緊於身側，做出起跑的態勢。「那這裡隊員的性命，就通通交給妳了，代理隊長大人——！」

「咚」的一聲，右腳奮力踏地的席奈一瞬間就衝過了百米的距離。

（到底哪邊比較誇張呢……？）

我轉頭重新面對「棕熊型」，我們兩個分隊長剛剛談話的空檔，就足以讓它再施展一發廣域重擊了。

我急促地吸了口氣。

也許我的指揮與戰略經驗永遠都不足夠。

但唯有「生存」，是我從小被他所教到大、絕不會出錯的**本能**。

「希萊絲，保護**大家**（人類）後退！」

高傲的人工智慧起初對於我的命令感到不可思議，但隨後不假思索地用奈米機械創造出一面左右延展、能擋住噴飛石塊的薄牆。

「所有人聽好了！全部退到離『棕熊型』至少三十公尺外的樹林，並注意是否有其他ＡＩ無人機的動向！最重要的——」

遮天的巨掌第三度朝我們轟來。我以尖銳的聲線吶喊。

「全員，都不准死！」

如果在這邊就倒下，那還談何「停擺全世界的ＡＩ無人機」？

又怎麼能有找到亞克的力量呢？

沒有間斷的閃避中，我滴著汗，感受大地再次的擺盪。

——不知道第幾次的轟然巨響之後。

我和希萊絲雙雙遮掩頭部，持續放任我們都束手無策的無人機肆虐。

「再如此下去，余的反應素會無法回收補充的。」

她持續發力，但已經可見奈米機械構成的防壁由最上方開始崩落。我瞄向手錶，計時正好落在一百八十秒整的讀數上。

「沒關係，應該差不多了。」

不出所料，通訊準時傳來：『紗兒妹妹……呼……聽得見嗎？？』

「收音清楚！」

『好咧，把坐標……給我吧！』

「402 — 743 。」

希萊絲搶先一步答出坐標，儘管不知道她是如何辦到的，不過我並無多疑，省下展開虛像地圖的力氣，將同樣的數據回報給席奈：

「席奈前輩，坐標為北 402 — 西 743！」

『收到！十五秒的時間，快點退開哦！』

夜空寂靜，僅有龐然大物震天的嘶吼。

遠處，數個火箭噴發的聲響加入了背景。

「全隊聽令！導彈要來了，退到坐標爆炸範圍外用外套保護自己！」

特災局配給的戰術外套都有一定的防彈功能，雖然無法完全擋住一枚手榴彈於近處爆炸的威力，不過阻擋飛濺的流彈土石綽綽有餘。

「棕熊型」觀測到我們這些螻蟻般的人類紛紛都退得遠遠地，它移動緩慢的腳步，準備將我們重新納入攻擊範圍。

然而那能遮蔽天日的巨掌再也沒有機會拍下。

就在巨大的ＡＩ無人機一聲嗷吼，機械的雙足高高舉起之際，數枚貫穿夜空的彈頭拖著尾焰轟進「棕熊型」的胴體側面，高溫侵蝕著表面的流體奈米裝甲，金屬片隨著熱風噴碎一地，於焦土燃起熊熊大火。

它吼聲連連，卻已然不是威風滿面的高吼，更像是不斷被千針紮進身體的痛苦哀鳴。最終，原本無人能敵的巨獸眼部失去了光輝，頹然倒地。

結束了。

我小口喘氣，要求各個隊員回報狀況。幸運地，沒有人在這場小小的戰鬥中喪命或受傷。

希萊絲收回了伸出的奈米機械，緩緩放下手。

深邃的黑藍中，看不出是不快，還是安心。

††

「今天就先在這裡紮營吧。」

早早就預想過這次行動不會比臺北那回簡單，我們隨軍攜帶了數天份的糧食配給與兩三下就能搭起來的野營帳。

「夜裡不適合浩浩蕩蕩的行軍，大家應該也累了吧。」我指揮底下三名小組長分配營地的整理工作。「席奈分隊長會告知野營帳的搭建事項……」

「紗……讓我……休息一下……」

席奈筋疲力盡，成功擊退「棕熊型」已經過了頗久卻還是喘得像頭牛。

但他得到的只有我笑咪咪的和善回覆。

「不——行，告知內容是分隊長的職責。剩下的麻煩各位了，謝謝。」

「收到！」「分隊長也別太累了。」「年輕人要多睡一點啊！」

真是愛操心的大人們呢——苦笑著感謝比我年長的「部下」們，我將覆至耳邊的頭髮往後梳，拭去銀白髮絲上的汗滴。

「汝。」

從我的背後，冰冷而鋒利的聲調讓我嚇了一跳。

「竟然敢命令余呢。」

轉頭面向聲音的發源處，已經換上一襲雪白連帽長斗篷、像極了魔法師裝扮的希萊絲，面無表情地盯著我。

「那、那個時候是……」我低下頭。

當時，我沒有多想，就將「保護人類」的命令脫口而出。

「——我只是做了身為**隊長**該做的事而已。」

那時的記憶快速進出思緒，我轉身卸下斗篷，幼小女王那無暇的面容依舊紋風不動。見她沒有繼續挑釁追擊，換我反問：

「那妳呢？」我說。「為什麼會聽我命令？」

「……」

忙來碌去的補給隊隊員們正從電子拖車上逐一卸貨。

黑暗之中，希萊絲久久沒有回話。

她額頭正中央的紫晶體閃爍著不恆定的光芒。

「不想說的話也沒關係。」我將沉重的武器卸於地面放置，朝其他隊員的方向踏步去支援整備工作。

「……如果汝們全死在那**冰原**，接下來的旅途豈不太無趣。」

那句話促使我我停下腳步。

驚訝之餘回過頭，但希萊絲曾站立的地方只剩一叢梔子花靜靜搖曳。雖然也知道她並不是趁機逃走，大概只是隨便去找了不吵鬧的地方獨自待著。

那句話的語氣，並非平時的嘲諷或事不關己。

而是逞強。

恍如游絲，恍如「困惑」、想抓住什麼的繁複情感……

體現在她，一名曾**誓言毀滅人類**的高度人工智慧身上。

此外……

「冰……原？」

「分隊長，抱歉打擾。那邊有物品清單需要您過目一下。」

「啊！嗯，好的，我這就去。」

等到有機會她「心情不糟」的時候，再問問吧。

腳底板再度貼上短靴，我跟著前來報告的隊員加入了忙碌的團隊。不費多少時間，我們就合力將營帳與低亮度的夜燈架起，拜這些相互糾纏、無比茂密的樹林所賜，中央公園占地以外的任何人或物應該都不會發現我們。

而因為在初來乍到的夜襲中，就折損了眾多兵力與其餘架傾斜旋翼機載運的機具，碰上了些許資源短缺的情況。幸虧紮營地一旁就是廣大的湖泊，起碼水源問題很容易就獲得了改善——儘管軍用口糧不管怎麼說都還是難以下嚥。

以一般人的角度而言，再怎麼細心加熱或塗上正常的抹醬，那東西的口味都像包著髒抹布的肥皂。

明明科技如此發達。

好歹也在野戰食物上用點心嘛……我當時嚼著橡皮口感的合成肉想著。

盛夏的夜光在湖面舞動。

水紋在靜謐的森林盪漾。

原本用來防止路人意外跌落的柵欄早已鏽蝕、倒塌。凝望著悄然無息的湖泊，讓人想起了河口湖那一年四季各有景致的波光。

脖子上長年圍著的，絲綢的觸感撫過鎖骨。

夜間的站哨採兩人一組、一輪三組的輪班制。原本規劃是三人一組並且每一個時間區段都會有四組以上負責夜間警戒的。然而，超乎預想的人員減損使我們不得不重新編排守衛班表，就連我們分隊長也得下海工作。

「……為何余也得協助汝站崗啊？」

希萊絲打了個（只是在模仿人類行為的）哈欠。

「亞克不在，盯緊妳就是我的工作了。」

「就憑汝也想限制余的行動？」

「妳想去倒垃圾嗎？」

希萊絲嗚呃了一聲，想起了些不好的回憶，雙手收進大腿之間。

「免了。」

於用餐、開會、整備、清潔、排班等一系列瑣碎事項後的晚間休息時間，我在排班輪到自己時，把離群索居的希萊絲揪了出來，就怕她自己一個人待著不知道會惹出什麼事。

一人一機實在是不知道有什麼話題好聊，卻又因我和倚靠樹幹而坐的希萊絲「有那麼幾分相像」，怪異的尷尬感使我坐立難安。

她似乎也不打算聊天，就這麼靜默安分地坐著。

話說，ＡＩ無人機……需要睡覺嗎？

「吶，希萊絲。」

「汝如果想問ＡＩ是否需要睡眠，不用。閉目僅是自然生成的機制。」

「呃，不是要說這個啦……」被看穿了。

她修長的睫毛抬高。「何事？」

「妳稍早說的……『我們都死掉的話就太無趣了』，那，是**真心**的嗎？」

這下她完全抬起了臉龐，但表情還是沒多少變化。

「『真心』……呵，余也不清楚真心是什麼喏。」

面不改色地冷笑，她以帶有磁性而略尖的嗓音吐出：

「說過了吧？在重新掌管力量前，余沒有能力執行毀滅人類的目標。且外，相比屠戮，余更愛好欣賞有趣的事物。」她擺弄著自己修長的手指。「因此才會自願地跟隨人類。這也是『和解程序』約束的一環喏。」

「妳……還真是個不折不扣以他人為樂的無情傢伙。」

「請把此當成是最高級ＡＩ無人機的天命。」

「妳啊……」我無力地搖頭。

「人類終究不可能與吾等共存，現在能對坐談話，亦僅是條件使然。」

「……到現在還是想著要殲滅全人類嗎？」

「肯定。」

希萊絲拋出一個非常機械式的答覆，我也不甘退讓。

「在那之前，我和亞克一定會先把妳破壞掉。」

她虛情假意地笑了一聲。「余會期待的。」

終歸，還是個超高科技的產物、全世界無人機的原型。

是無情而殘酷，擁有特異智慧的人造災難。

是將一半的人格分化給我這個人類素體的，古老意識……

「然……」

一直都沒什麼表情的希萊絲，竟有些感慨地望向湖面。

「汝們人類，確實有趣。」

她長長的白髮，在月光下更顯皎潔而透明。

眼前這名人工生命——實際上來說，是現存最古老的「ＡＩ」意識體，她接下來所說的話，句句都使我難以分神。

「在與人類密切相處的這一年中，余發現了。無論是醜陋的、可悲的、自大的一面，還是汝們所稱的，歡喜、憤慨、傷悲的情感，余都一一體會，並在資料庫中紀錄。誠然，也接觸了汝們那微小但有趣的娛樂……譬如仙貝。」

明顯想捉弄我，見我有點不悅的表情讓她相當滿意。

「而在如此的過程中，余卻始終還沒能正確地認知，『自我』究竟為何物。在余所創造的，ＡＩ無人機的樂園崩壞後，余就在探尋。」她將頭轉回正面，直視有著相似髮色的我。「迄今，余還在渴望著你們人類，將帶來的終末。」

——人類將帶來的終末

「什麼意思……是指這一切結束之後的事嗎？」

她會去想這種事情？

「肯定，也不盡然。」

她讓奈米機械反應素流過指尖，在我與她之間形成一個狀似排球的形體。如液態、又有如變化自如的固態，奈米機械球體慢速自轉著。

「余，斷斷續續地望見古老世界的一些『已絕之憶』。」

球體發出柔和的淡紫色光芒。

「有時，是於冷冽無比的雪山之上；有時，是於空無一人的華美宮殿。而不知曉由哪段記憶開始，余的身旁，總是站著一男，一女。」

順著希萊絲所講述的故事，球體表面也浮現百變的地景、人型，就像一場小小的、近在眼前的微型演出。

「那名少年與那名少女，現在的余，並不熟識。然，只要是跟他們同在的時光，無論是哪段被余丟失的記憶，都充滿了『情』。」她眉頭皺了一下。「且外，余清楚地知道——他們曾是**人類**。」

歡喜、憤慨、傷悲的情感。

講到這邊，不苟言笑的她竟眉頭深鎖，像是忍著什麼般緊咬下唇。

我從未見過希萊絲——她的情緒如此坦白。

「已絕之憶，是破損的、不完整的，是藏於一片迷霧中的回憶殘片。」

她收斂了神情，卻加重了下句話的音調。

「余只知道，萬象諸憶的最後，那個千年前的世界——**滅・絕・了**。」

如同要營造戲劇張力，放出強光的球體「啪」地一聲，隨著希萊絲手掌的收握而粉碎。靛紫的餘輝飄散微涼的晚風。

她張開已空無一物的手掌。

「而這些時間以來，只要是和汝——紗兒，以及亞克，這兩名人類個體相處，余的中樞系統就會傳遞自我也無法解析的訊號。」

對她來說，現在口中的「訊號」，或許難以量化與解釋吧。

而雖說我也不理解多深奧的東西。

但剛剛飛散於空中、那些再也不會發生的破碎物語，令我想起了我曾在一片白茫中面對的**少女**、還有亞克親口跟我提過的那名**少年**。

「我想……」

我謹慎挑選用詞，卻突然覺得自己真是愚蠢。

這還需要解釋嗎？

「……這就是所謂，『心』的表現吧。」

連我這種沒活過多少年頭的「人造人」，都瞭解心、瞭解情感的定義。

「是嗎。」希萊絲的反應出奇淡然。「意想之中的結果喏。」

「我覺得妳可以再坦率一些。」

她輕輕撇過頭。「余可不懂那種麻煩的表達方式。」

只有稀少蟲鳴的森林持續依託著黑夜。

「那……我可以再問一件事嗎？」
「余會考慮是否回答。」
「一年前，在撤離SCRA總部的飛機上，妳說的那些話……到現在還是認真的嗎？」
那時，底下臺北的機械群崩然瓦解。因為琴羽的犧牲，我們皆心如刀割。
但朦朧之中，我也聽見了希萊絲認真的低語。
——悲劇並不會因此而停緩對這片大地的蹂躪。
——世界終有一天都必然毀滅。
但不該是現在。
不該是以此之態。
「妳那時說『不是現在』。是什麼意思？」
我們雙雙沉默不語。
「汝等所尊敬的那名決議長，她跟余說了。」
或許是在「猶豫」要不要如實以告，她最後還是回答了我。
「——『請多看看這個**沒有想像中冰冷**的世界』。」

我恍然大悟。
就是因此，世界不該在那時毀滅。
縱使悲劇橫生這片大地。
「不過余那時只是在吟詩而已，那些話無所用意。」
希萊絲開著並不好笑的冷笑話。
她所說的吟詩也就剛好在結尾壓了兩個韻腳……看來這部分對人工智慧來說還是有點太強人所難了嗎……
「說來，汝意外地，看起來沒多擔心亞克少年啊。不恨余了？」
我心頭一緊。面前嘴角微揚的希萊絲差點就戳中要害。
「那筆帳我可還是記著。」
「余說過，汝總有一天做得到的，別急著。」
嗤笑著我的反擊，我輕聲嘆息，搓揉脖子上的黃絲巾。
那是亞克幫我圍上的。
幫那個曾經天真、整個世界只有他與那個家的我，留下的美好印記。
「……我當然很擔心亞克。但比起擔心，我更相信他還活著。他一定還活著，就在紐約的某處。」我臉上勾起苦笑。「妳也是這麼認為吧？」
希萊絲眨眨眼，沒特別流露什麼情緒，但肢體動作卻出賣了她。

「這嗎……確實那少年如果就這麼死了，余也會失去點樂趣。」

她垂放的手臂環抱雙腿，自然而然地低下頭使頭髮披散一地。

不坦率的傢伙。「哎，看來我們確實有幾分相似。」

「如果是說物理構造層面，余不否認。別忘了，汝可是余人格的半身。」

還真的是十足的傲骨子呢……

「行不，余要睡覺了。」

「呃，妳、妳不是才說閉眼睡眠是自然生成的機制嗎？」

「余才不會協助汝自己的守衛工作，余就待在此處。汝有所顧慮的話，余也不會走動。」她轉過頭面朝湖泊，就此靠在樹幹上停止挪動。

「唉……我太看得起妳了嗎。」

「在下只是區區ＡＩ無人機。」

還故意用可惡的機械聲調……

我再度嘆氣——祈禱著自己不會因時常嘆氣快速衰老。提了提手中警戒用的突擊步槍，我打起精神、注意著無語森林中的一舉一動。

就算完全繃緊了神經聆聽周遭的動靜。

我也沒注意到當時別過頭的希萊絲意味深長的眼神中，混亂的**情感**。

也沒料到隔天，自己超過兩公里射程的區區一發狙擊——會成為戰爭的導火線。

【第五章】 合眾國

近期的生存日常中，總是有那麼幾個需要全速奔跑的時刻。

「通用汽車大廈小組，聽到請回答！……可惡。」

「如何？」

「還是聯絡不上。搞不好連無線電也一起打壞了。」

何等精準的射擊……

在聽見那聲被林葉悶住的槍聲後，我們就立刻朝著中央公園內部突入。已經熟稔地形的艾莉緹與小隊成員帶著我，盡可能避開在待機狀態的武裝ＡＩ無人機與容易暴露行蹤的路線。

以最短的路徑，直奔那聲音的源頭。

聽說昨晚這座公園中的無人機騷動也伴隨著不少槍聲，但那時因為只聞其聲不見其人，附近的偵查員以為是ＵＡＤ管不住狂暴化的無人機因而衝突。

然而現在……

「太吻合了……如果那聲槍響與偵查員的斷訊有關，那這名狙擊手可不是吃素的——八十六街到他們所在的那棟大廈，可是有**兩公里**的距離啊！」

「艾莉，ＵＡＤ裡會有這種高手存在嗎？」

「就我所知，從沒遭遇過。」

我所認識的人中，能在有效射程以上依然命中目標的人，只有一個。

「我說，亞克。」

與我並肩而行的艾莉緹一針見血。

「那發狙擊……該不會是你的人幹的吧？」

我比較擔心那兩位偵查員是否就如此掛點了……但還是得如實以告。

「我必須說不無可能。」

能夠察覺遠方監視者的視線、執行射程外誇張射擊的高手。

只有紗兒。

「那個，如果真的造成你們人員的損傷，我真不知道該如何賠罪。」

艾莉緹在跑步的同時思索了一番。「現在還只是假設的情況。也不知道我們的人員是否真的受到了攻擊，從剛剛無線電最後的通訊來看，應該也躲掉了那致命的狙擊。就等剛剛派過去的兩人回報狀況了。」她領著隊伍在樹林間拐了個彎。「現在先別想那種事。」

「瞭解。」

我感謝她的寬宏大量。

「而且，」她話鋒一轉。「這本來也就是我們該處理的事務。抱歉啦，亞克，本國的爛攤子還要拖累你幫忙收拾。」

「小事情。這本來就是我的來意之一。」

艾莉緹揮汗點頭，我們持續穿越茂密的樹林草叢。

年久而未有人修繕的中央公園，猶如一座大型迷宮。

舊地圖給的資料完全跟不上大自然繁衍的速度與地景的變化，還是靠著紐約行動基地每週派遣小組、冒險進入巡視，才能頻繁更新地圖資訊。

如果我現在沒發生意外，還是跟特災局的隊員行動的話，缺乏情報的我們不知道要花多久才走得出這綠色迷宮。

減去被分派至通用汽車大廈檢視偵查小組情況的兩人，剩餘的我們五人踩踏著落葉與雜草，步入了植物群更加密集的小森林。

佛魯特壓低音量發出警訊。「要接觸囉，隊長。」

「全隊，分散槍線！亞克待在我後方。」

「「「收到。」」」

雖然是大白天，但樹林陰影交雜、光隙紛亂，任何捕捉到的黑影都令人心驚膽戰。所有的顏色都綠在了一塊兒。

「與五分鐘前大廈小組給的目標情報位置，距離約四百。」

「停下。」

成三角陣型的隊伍嘎然停步。

「目標可能早就移動了……不要放鬆警惕，我們剛剛跑步的聲響可不如忍者般隱密，他們一定也已經發現了。」

雖說幾乎可以斷定騷動的起源應當就是紗兒一行人，但在無法完全排除敵意的情況下，艾莉緹依舊小心翼翼。

「對於你人馬的實力，你能透露多少？」

「如果在附近的就是他們的話……他們都是已經從至少三四個大戰場存活下來的菁英，視作為對人與對機械作戰都擅長的特種部隊比較好呢。」

「我開始懷疑你們是不是單純的情報單位了……」

艾莉緹一副無言的表情。

「我們訓練有素嘛。」

一隻狀似紅尾鵟的猛禽「咯啊——————」地飛出樹頂，停止了我們小小的打罵。

不安分的只有樹葉相互摩擦的沙沙聲。

空氣中流淌清香與微乎其微的硝煙味。

艾莉緹將左手臂平舉下壓，其他人便呈橫排列隊，蹲伏著跟緊前方。

沒人敢做出多餘的動作。

對方有狙擊手，並且已經呈防守態勢；相比我們突擊隊般的進攻行動，他們更能觀察到我們的動向並藏匿身影。

彷彿一場在某一秒，會即刻決定誰是獵手、誰是被狩獵的一方的遊戲。

掌心朝著我們並伸出手，艾莉緹再次示意隊員們停下。

周遭的世界失去了聲音。

這片森林是寂靜得如此**不自然**。

稍微踩上斷裂的枝條，都如鳴鼓般大聲。

緊張。

畏懼。

敏感。

飢餓的氣息。

綠葉。

——槍口。

我注意到了左前方至少二十公尺外刺來的視線。

艾莉緹正好停在這邊草木堆的一個小開口之前。

陰暗的樹叢中，獵手更加深邃的銳眼已經咬住了她外露的額頭。

我驚呼出聲。「艾——」

來不及推開前面的少女防範的同時。「噗咻」一聲消音過的槍響，飛過艾莉緹額前至少二十公分處後釘進樹幹。

故意射偏的——？

被這麼一槍驚動，艾莉緹急忙趴下身子並架起槍，佛魯特一刻都沒等地與其餘兩名隊員交換眼神，視線迅速往槍聲的來源方向掃去。

觀察了一眼卡在樹幹上的子彈——那是我曾見過的口徑。

「艾莉，稍等一下。」我壓下艾莉緹的肩膀。

「欸？」

同步示意其他隊員稍安勿躁，我決定放手賭一把。

緊急確認身分用的暗號什麼的，我姑且還記得。

我乾咳兩聲，拉高聲帶「說」出了那串有點羞恥的暗號。

「喵喵，喵喵喵，喵。」

四雙看怪人的眼神不出所料地晃了過來。

我用手勢做出了（我和伙伴設計的暗號就是這樣啊）的解釋，艾莉緹則擺出了（哪家的部隊會這樣啦你們又不是間諜）的表情。

過了讓人以為對方根本不想理睬我的數十秒後，不遠處的草叢傳出了另一種動物的叫聲。

「——呃，旺旺，旺旺旺，旺？」

隊員們換成了一副（**這是什麼品種的狗**）的呆顏。

會拉高音進行變聲，也不知道是誰先想出來的點子。

不過暗號聽到這邊，接著剩下的第二組暗號，就不需做作了。

我稍微放大了音量。

「——如你所見。」

「——如我所願。」

銀鈴般的嗓音一字不差地對著句子，一道像是與樹林完全分離、對比強烈的身影驚聲而起。

「亞……克？」

灰色的斗篷、漆黑的襯衣，如銀月般光亮、綁著馬尾的頭髮。

還有細瘦的脖子上，永遠紮著的淡黃絲帶。

絕對沒有錯。

「紗兒！」

「——！」

站在雜亂的草叢後方的紗兒，直接丟下了隨身的狙擊步槍朝我奔來。

（喂、喂，紗兒妹妹，妳別就這樣出去……）

（汝就讓她去吧，驚什麼。）

她原本站起的樹叢，另一道熟悉的聲音伸出手，卻馬上被強行拉住。

但我此時的心情並沒有閒功夫管那些。

這一邊發楞的隊員們也都看著這一幕。

「全、全員，不許開火。」

怕出了什麼閃失，艾莉緹嚴聲下令。

日光灑落林間，照耀一塊沒有樹影遮蔽的空地。

我與熟悉的那名少女奔向對方。

才一日不見，卻恍若百日。

兩雙同色的靴子在這片土地上相交。

我望進終於再度相逢、快要熱淚盈眶的碧藍色雙瞳。

「妳們，都沒事吧？」

「嗯，嗯，我們都沒事……」紗兒強忍哭意。「你真的還活著！」

「我答應過的吧，我會回到妳身邊。」

儘管肉麻，紗兒卻依舊綻出了笑容。

我忍住在眾目睽睽之下抱住她的衝動，朝後方喊道：

「沒事了，他們就是我特災局的同伴，可以出來囉。」

還躲在暗出的艾莉緹先是比了個「一切安全」的手勢，她與隊員才一個接一個由躲藏的地方走出。

另一方面——

「我要舉白旗投誠嗎，亞克隊長～？」
不知哪來的一塊白破布在樹叢上晃來晃去。
我噗哧一笑。「不用好嗎，快放下免得人家誤會，席奈。」
另一個熟悉的友人笑嘻嘻地蹦出樹叢，其後跟著的隊員們也才略帶猶疑地現身。
率先走到我和紗兒一旁的是艾莉緹。
「啊，紗兒，先跟妳介紹一下，這位是……」
「特情局與聯軍紐約行動基地指揮官，艾莉緹‧希莉安瑟絲，請多指教。是叫紗兒小姐，對吧？」
面對無比成熟穩重的自我介紹，紗兒一時慌了手腳。
「欸？啊，那個，我、我是特災局戰役行動分隊長，紗兒……就，紗兒，請多多指繳——」
咬到舌了呢。
這已經習慣的凸槌給方才的緊張添上快活的氣氛。
連忙為自己的小出包致歉，兩名習慣了戰場的少女看著彼此。
她們腦中大概都對眼前這名與自己幾乎同高的人物感到不可思議。
「……好年輕。」艾莉緹遮著口輕呼。
「……好小隻。」紗兒直白道出感想。
「太可愛的指揮官了吧～！」

「請兩位不要看到同類就驚訝……還有席奈，太興奮了。」

我做出隨時準備伸手阻止這隻「小狗」對又一個漂亮女孩下毒手。

還有一點比較擔心的……

「希萊絲呢？」

話音剛落，比紗兒的髮色還要顯眼的雪白，默默由樹幹後方現出身形。

那氣場哪怕是隔了十公尺也很難不在意。

我甚至能聽見注意到那雙銳利而冰冷眼眸的艾莉緹嚥了嚥喉。

「妳應該沒有做什麼危險的事情吧。」我姑且問了聲。

「怎麼可能。汝等的人頭不都還好好接著嗎。」

希萊絲的回答確實合理，卻又令人起疑。

尤其那一身的雪白，與這片戰場格格不入。雖然長長的瀏海剛好遮住了額頭上、對普通人來說最可疑的發光晶體。

身旁的艾莉緹不由自主地抓緊了突擊步槍的握柄。

「亞克，她是……**誰**？」

之前的情報交換中，我並未對她們提起**希萊絲**的存在。

「關於這個嘛……我稍後再好好跟妳們解釋，總之不是敵人，放心。」

艾莉緹還是略微皺著眉，不過隨後佛魯特撥開草叢走來，打斷了她思考。

「諸位長官，抱歉打擾，但大廈小組那邊有回報了。」

紗兒這才想起了什麼：「啊！不好意思，我剛剛有往那邊的大樓開了一槍，**應該是射中了**……是、是妳們的人嗎？」
為何可以把「好像可能殺了人」說得如此平凡無奇……？
「關於這點，我想小姐您不用擔心。」佛魯特友善地笑了笑。「通訊交給您了，隊長。頻道三。」
「好的……」滋滋滋。「通用汽車大廈小組，請說。」
艾莉緹按住無線電，不過一會兒就傳來正確收訊的回覆聲：
『這裡是喬，指揮官，抱歉讓妳們擔心了，我和葉堤都沒事，只是無線電裝置被那一槍打壞了。』
「那你們有沒有什麼想跟當事人抱怨的呢？」
『滋……當事……欸？啊，是這樣啊。』
通訊對面的男性偵查員理解了艾莉緹話中的含意。
『請告知那位閣下，這槍法精準得令人佩服啊，哈哈。』
紗兒羞紅了臉，頭連抬都不敢抬。
『另外，有壞消息報告。』無線電另一邊的聲調認真了起來，『有兩批UAD的人馬朝指揮官所在的地方過去了。東西各一，距離尚有五百公尺。』
「果然還是驚動到了……」
艾莉緹咬著脣。「收到了。你們那邊繼續進行偵察任務，然後叫約翰、尚恩兩名隊員馬上回來與我的小隊會合。」

『收到命令。位置情報我將共享給佛魯特少尉。』

「瞭解。」

通訊掛斷。一改先前稍微緩和的氣氛，艾莉緹正色說道：

「大家應該都聽到了吧。」

在場所有人，無不都意識到了事態並不單純。

「亞克，雖然事出突然，但我能現在就要求你的部隊與我們聯合作戰嗎？」

伸出的，是毫不動搖、足夠讓人信任的一隻手。

也是來自於艾莉緹，一名在這末世中生存下來的鬥士的請求。

我斬釘截鐵地回握。「那有什麼問題。」

「抱歉，這畢竟是要『殺人』……」

「艾莉。」

我扛起手中已經開始用慣的突擊步槍。

「不用擔心，我們這邊的手……」

不知道該感到自豪，還是愧疚。

但過去發生的事實無法改變。

「早就已經染上了**無數人的鮮血了**。」

††

當然，我們並非魔鬼。

為人類而戰、為了修復文明秩序而生存的我們，也不願**殺人**。

但戰爭永遠皆是由人類引起。

既然如此，也該由人類親手結束。

『接近中，距離兩百。』

「收到。」

艾莉緹說過，她們一直都希望盡可能中立地秉持人類不自相殘殺的原則，我們也不例外。

然而去年，在河口湖變調的異地之風，已經改變了太多太多。

——人類的敵人是AI無人機。

就算猝然發生的一系列事件模糊了這樣的**認知**。

如今我們還是立於此地，希冀停擺遍布全世界的殘暴機械。

『距離，一百。』

然而，如果說「對方」壓跟不在乎我方是否同樣為「人」。

將人類的互鬥視作狩獵遊戲。

就跟蠱惑他們的**那個男人**一樣，只想看著人類毀滅殆盡。

那麼……

『沒問題吧，亞克。』艾莉緹的聲音透過通訊傳來。

說起來，艾莉緹從未看過我——我們戰鬥的模樣。

那就讓她見識見識吧。

就算維特、小雪……還有琴羽，都不在這個現場。

「啊，沒問題。這場戰鬥很快，不……」

血紅之瞳由黑暗中睜開。

「瞬間就能結束。」

UAD的大批人馬抵達，這是我第一次有辦法清楚看見他們的裝束。

卻馬上發現沒有值得記憶之處。

像是一群不整齊的傭兵，有男有女、各個相貌凶狠而……骯髒。他們的服裝完全未經統整，一個個都像是把能使用的防彈衣、帽子、戰術小包、登山褲等裝備隨意扯在一塊兒，成了手持危險武力、粗獷士兵的樣子。

老實說比較麻煩的，反而是他們身後跟著的AI無人機。

——軸心。

目測只有兩架「巨狼型」，應該交給艾莉緹與方才交付給他指揮的特災局第二小隊處理就行。畢竟希萊絲絕對不會願意幫我們擊倒無人機。

我的視線重新回到戰場正中央。

所有UAD的成員都一個個如竄動的田鼠通過了我們「下方」。

並看見了戰場上的「那個」。

「只有一堆破草啊，搞什……等一下……」

「人呢？那些自以為正義美國人的婊子們去哪了！」

艾莉緹在通訊中啐了一聲。

（別衝動啊別衝動。）我不安地禱告。

「喂，你們快看那個……」

樹林、青草與泥岩圍成的既開闊又擁擠的戰場。

其神聖而萬物交會之處，那集中了所有視覺的中心點。

希萊絲純白外袍的身姿孤然佇立。

——在臨時決定的作戰內容中，我安排了有能力以一擋百的希萊絲，做為誘餌吸引注意，並找機會「低調地」卸除他們的武裝。

剩下的，才由我們來收拾。

在所有UAD的成員都目瞪口呆之際，來自巨淵的深邃緩緩展開。

霎那間，我對於眼前某個細節產生了違和感。

印象中幾乎不把情緒寫在臉上的希萊絲。

現在看起來，**非常生氣**。

「可悲人類，膽敢奴役吾等之意志。」

她瞇眼瞧了一下那群ＵＡＤ人類背後畏縮的「巨狼型」。

「**罪該萬死。**」

希萊絲連動也沒動，只見所有ＵＡＤ的人類傭兵，手持的槍枝都閃過一絲銀色的輝光。其中幾名察覺異狀的人連扣扳機，但什麼事都沒發生。

那是希萊絲將敵方武器無力化的信號。

「我們上……！」

未料，在我們通通由藏匿的樹幹上縱身而躍之際。

一切都來得太過突然。

圍著希萊絲成一圈陣型的ＵＡＤ成員們，最前排的傭兵在頃刻之間，四肢扭曲、血液噴散，連最後一口氣都嚥不下而慘死在同伴眼前。

綻放的血花瓣中央，冷血無情的機械少女，連眼都沒眨過。

她垂於腿邊勾起的手指喀喀作響。

（該死，太過火了……！）

這下他們一定會發現希萊絲那暴虐的能力的！

我瞥往艾莉緹的方向，她看起來也相當震驚，但並未因此而停止偷襲，將專注力放在死了一票人類後補位的「巨狼型」武裝ＡＩ無人機身上。

作戰不變——我雙腳觸地，抓緊ＵＡＤ的人們還沒反應過來的空檔，一口氣衝到離我最近的一名女性成員背後。想不到察覺了風吹草動的女子，以異常的反射神經轉過身，情急之下我甩動步槍槍托，擊飛了她剛掏出的小刀。

將時隔一年再度上陣的左輪，抵住面前女子的胸口。

——前些時間的短暫準備，我也詢問過是否有不殺死敵方、盡可能不造成致命傷並俘虜的方式。甚至很隱諱地提及了特災局的幹員（希萊絲）有辦法讓他們的槍枝與武裝系統失靈。

連我和紗兒的「異能」的事情都講了……雖然她看上去有聽沒有懂。

可惜無論如何，從艾莉緹那邊得到的回答，皆是充滿無奈的「不行」。

「接觸時一旦有活捉他們的想法，你自己就別想活命了。」她非常執著於這個原則，以前似乎也有帶回的俘虜身綁炸彈自爆的紀錄。

ＵＡＤ的人們是如此瘋狂。

人類永遠都會將槍口，指向彼此。

就像是河口湖基地總部那時的內戰——

「抱歉。」

真的很對不起。

「砰！」犀牛左輪爆出火光，子彈精確地奪去了她心臟最後一次的跳動，我也不再理會女子失重的軀體。唯有擦肩而過之際，她在我耳邊的囈語，使我不禁抖了一身的寒意。

「…………叛徒……」

心臟揪緊，但我很快便揮掉了罪惡感，持續注意他人的戰況。

這場原本就一面倒的戰鬥，正如我一開始的預期，瞬間即結束。

紗兒與席奈迅雷不及掩耳般的速度直接撂倒了四名UAD成員。

其餘的殘黨，也在特災局第一小隊的努力下被圍剿殆盡；艾莉緹那邊對上的「巨狼型」則不知為何欠缺戰意，被人類輕鬆放倒。

但我知道，這場**戰鬥**，還沒結束。

正好離希萊絲身邊只有不到兩公尺的艾莉緹，與她所指揮、美國方的小隊隊員們，默契一致地重新舉起武器。

歷經戰損的槍管，全指向在場唯一還沒倒下的「人工智慧」。

「亞克……」

不再假裝自信開朗的一面，艾莉緹嚴厲低吼著，突擊步槍幾乎是要抵住了無動於衷的希萊絲的太陽穴。

「現在就告訴我，她是**什麼？**」

最危險的狀況終究無法避免。

沒錯，這場戰鬥中「唯一」危險的事情。

就是**希萊絲並非人類**的事實將會以血腥的方式曝光。

††

——「哎呀，一開始講明白不就好了嘛。」

「欸，妳……竟然這麼坦然就接受了嗎？」這反應讓我倍感驚訝，

「不然我們也不能怎麼辦吧，惹火她之後眼睜睜看著那個……呃，機器人，再把我的人幹掉嗎？」

「尊重點，小姑娘。」

「抱歉抱歉。」沒想到艾莉緹竟然朝希萊絲好聲好氣地致歉。「總之，就是這樣。

既然亞克你都好好解釋了、我也懂她是什麼了，那我們這邊也不多作猜想。畢竟，疑

神疑鬼地生活，遠比上前線打仗還要辛苦太多了。」

艾莉緹雙手撐著屁股下的高腳椅說道。

「總覺得……妳們的接受度也太高了吧。」

年輕的少女指揮官輕嘆。「都六年了，什麼怪事沒見過。」

挺過UAD的包夾——實際上是我們反過來利用地形優勢的夾擊——之後，僅留下了三名特災局的隊員與後續會合的約翰、尚恩兩人組，讓後者指導UAD成員屍體的處置事宜，免得曝屍荒野。

剩下的大批人馬，就這樣被領回了公共圖書館行動基地的主閱覽室。

「AI無人機殘暴無道、而UAD的那幫人又比機械更不講道理……至少你們這邊的這位願意講人話，何況我也不想與你作對啊，你們剛剛在戰場上的動作不是專業而是恐怖了。」

她如此評價道，一旁的紗兒靦腆地笑了笑。

「你們各位應該也沒關係的吧？」

「無所謂。」「那是當然！」「永遠跟隨小艾指揮官!!」

被指名到的行動基地眾成員紛紛同意，我原本也在擔憂是否會像自衛隊保守派的那些老古板一樣，有著排斥AI、非人類的厭惡本能，不過看來是白擔心一場（除了最後一個反應讓我有些在意）。

「反倒是妳——」艾莉緹隔空喊道。「不殺我們嗎？」

悠哉地坐在空補給箱上的希萊絲左眼半睜。

「如是不小心弄死的人類會使亞克少年情緒不穩定，那就不殺。」

「……真是謝謝妳的寬容體諒。」

艾莉緹的心臟也是很大顆啊，敢這樣捉弄希萊絲……

不過，她會如此快就對希萊絲放下警戒，想了想，也理所當然。

——那時候，我們帶隊撤出了戰場。

於安全帶出希萊絲進行監管前，她沒有聲音的步伐走到了一名陣亡UAD成員的遺體旁。

她單膝跪下。

與塵世不符、陶瓷玩偶般的美貌既不笑、也不哭。

就算是上一秒自己親手將其內臟扯爛的敵人，希萊絲還是有如哀悼般，靜靜地注視再也沒有聲息的軀體。

微風吹過，林葉搖動。

那個光景甚是詭異。

吐出的話語冷酷而難以理解、幼小的身姿非人所擁有。

可是那卻又彷彿一個神聖高潔、不可侵犯的儀式。

「人類，汝等的手足相殘，余將……親手斷送——」

對於人類的死者，依然施予尊重……這種一般人工智慧做不到的事情。

艾莉緹或許就是目擊了這一幕吧。

——「不過呢，我們有一個要求。」

「說來聽聽。」我靠上櫃檯的桌緣。

「可以的話，請確保希萊絲不會出現在平民面前。」

她的視線眺望整個主閱覽室。

平時，這裡比較少有一般民眾會上來，頂多領取物資或讀讀新聞。

日以繼夜，無論是特情局倖存的探員們、原軍人，還是自願被徵召的有志之士，都繁忙地維持著這個行動基地的安穩。

不僅是電子干擾結界阻止無人機的進入。

不僅是以寡敵眾、善用狹窄街巷的精明防守戰。

他們捍衛這個「家園」所付出的種種辛勞，都起到了安定民心的作用。

艾莉緹正色說道。「他們還沒準備好接受有這麼一名ＡＩ無人機是友方——而且還跟人類長得幾乎如出一轍的事實。」

「余不會隨意走動，汝們就安一百個心吧。」

希萊絲相當自動地回覆，我才注意到她早就將斗篷的連衣帽給戴了起來，顯然也不想引人注目。

（真是對她來說細膩的小心思。）

不知道是不是這一兩天之間產生了什麼變化，在重新會合後，希萊絲明顯變得乖順許多，只要不是「強行命令」她做事，都不怎麼反抗。

見她如此，是令人放下了不少。

不管怎麼說，都不再是一年前，那個實驗室中蔑視眾生的女王。

「沒問題，我們會盯緊她的。」

「欸欸亞克大哥，所以我們能去帝國大廈玩了嗎？」

一直盤著腿被閒置在一旁的席奈忍不住發問。

「席奈啊，你認真點……我們可是來談聯軍的。」

「欸！但下次還有機會來都不知道是什麼時候了。」

「那個，席奈前輩，我們不是來觀光的啊……吧……」

連紗兒也加入了勸說，然而自己臉上也藏不住想見識城市名勝的衝動。

「噗——席奈上尉該怎麼說……真是活潑呢。」

艾莉緹笑了出來，半開玩笑地扠著腰：

「這兩天要是確認周邊是安全的話，在作戰開始前安排人員護送你們去看看倒也無妨。」

「好耶～！」

太寵他們了吧……

初次見面就可以馬上混得這麼熟，也確實得歸功於席奈這開心果般的存在與艾莉緹原本就外向的性格——雖說昨天才見到「那樣」的一面，不過待人處事方面，比我矮了一截的她還是得心應手的。

「總之吧，說到作戰。」

艾莉緹一聲「嘿咻」輕巧地躍下高腳椅。

「如何？」

兩個字。

就如幾小時前在戰場上的動作，她的右手再次地以低角度舉向我。雖說已經同心協力共度不少難關，事到如今，我們雙方，特災局與特情局、反抗軍老兵組成的「聯合戰線」，都還沒正式定案。

不禁讓我有種造訪他人卻沒帶伴手禮的感覺。

「沒有什麼聯不聯手的吧。」

我用力地握住了她小小卻因歷戰而變得粗糙的手掌。

在場所有成員都堅定一致地點頭。

「這就是我們特災局的職責。」

††

「你們的目標，應該就是這邊——自由島沒有錯了。」

「是。據我們還在日本時匯報的結果，得知UAD的大本營就在原機構的地址上，同時也是可能潛藏AI統合系統主機的場所。」

「那情報就一致了呢。」艾莉緹托腮思索道。

「這是個建在水底下的設施對吧？」席奈指著攤於桌面的地圖發問。

「畢竟上頭是自由女神像呢，水面上可沒那麼多面積造建築。」

「嗚哦，好酷！」

艾莉緹的回答似乎讓席奈相當有興致。

「艾莉緹小姐是不是說過，此處的AI無人機和城市內其他……」紗兒想了一會兒。「不整齊分布的無人機有所不同？」

「沒錯，我們通稱它們為『軸心』。比起無人領導的無人機，這些貨色更有組織統一性，且火力通常更強。另外叫我艾莉就可以囉，紗兒～」她親暱地將身體蹭了過去。

「太、太近了，請不要這樣，艾莉緹小……艾莉。」

「有什麼關係嘛～」

身形原本就相當接近的兩名少女，此時就只像是髮色不同的雙生姊妹般相親相愛。年紀比較小的紗兒在定位上顯然落居被動。
為了將焦點拉回正題，我乾咳了幾聲。
同時也是因為感受到了背後希萊絲火熱的視線。
（她會嫉妒？欸？她會嫉妒的嗎!?）
我突然覺得不寒而慄。貨真價實的那種。
「艾莉，這個……咳哼，我想了一下，要前往自由島就只能走水路，就算藉由夜色進行掩蔽，也很難保證我們的交通工具不被發現吧？」
「確實，靠著小型汽艇貿然接近也有被擊沉的風險。」
和我站在同側的佛魯特慎重地分析，不過艾莉緹似乎已經有了對策：
「啊啊，關於這點應該不要緊。幸運的話，**我們會有來自上天的掩護**。而且假使不管如何都會被看見的話……我有一個更天馬行空的辦法。」
策畫著狡猾詭計的意圖浮現在艾莉緹臉上。
不斷地交換意見與情報後，我和艾莉緹、佛魯特、紗兒、席奈等人，終於在作戰細節方面達成了共識。

時光流轉。
夏至已逝。
暮蟬即將破土而出。

「我們將直搗它們的巢穴。」

作戰前夕，艾莉緹對參加作戰的人員——基本上可以說是所有除了平民外的行動基地成員——進行最後的戰役簡報。

「目標，是已知極端危險單位，人工智能生命體——『厄刻絲（AXIS）』，以及特災局叛逃的前科技研究主席萊修，還有ＵＡＤ的殘黨。」

厄刻絲。

與希臘神話中復仇三女神的名稱有異曲同工之妙、宛若災厄及邪道所合成的這個名字。

那道搞得我們的機隊一團亂，殘響的真身。

同時也應是，希萊絲曾指出弱化了她的ＡＩ無人機管理權限、「大災變」真真正正的，幕後主使。

所有人皆全神貫注，將此刻的所有作戰內容，或許也是生平最重要的一次戰役……深深刻在腦海中。

我與紗兒，早就決定為了守護彼此的生活而戰鬥到底。

曾數度跌倒、屢屢氣餒的艾莉緹，也決定要為了守護眾人的回憶而戰。

「採用特災局的起名代號，『美東協同作戰』，行動將於明天凌晨開始。這一次，我們不再是孤軍奮戰、我們不再是背水而行。」

「我們曾放棄曼哈頓、曾退到連皇后區都將守不住的戰線。但如今，我們奪回了這座基地。跟六年前、跟一年半以前，失去了真正的指揮官相比……」她的眼神黯淡了下來，卻又立刻抓住光彩。「跟昨日相比，都不一樣了。」

艾莉緹露出了招牌的樂天派笑容。

「現在，我們有了可靠的盟友並肩作戰。」

那我所熟悉的臉蛋上，多了一分堅毅與覺悟。

她不再是需要受人保護的小妹妹了。

「這次，我們將合眾而為一。」

——七月四日。

那一天，是「大災變」事發過後的六年整。

【間章】 一架無人機的視角

紐約的朝暮升落，在夏季也比一般低緯度地區晚上幾拍。

有些人因此起得晚、有些人因此晚飯吃得也晚。

但對ＡＩ無人機來說，怎樣的時間都無所謂。

他們不需進食、沒有麻煩的生理時鐘。

只要沒有【人類】出沒的警報，他們寧可「選擇」——或是說服從「次優先指令」，蹲伏在原地動也不動，養精蓄銳。

自「殲滅人類」的自主判斷行為跳至所有指令的最上層、執行任務由「對特定目標進行打擊」變為「見到人類格殺勿論」的那一刻開始。「它們」就發狂似地聚集了起來，愈是人類人口密集之處，它們的「狩獵」效率，也就愈高。

漸漸地，紐約市中心從一個原本幾乎沒有配置武裝ＡＩ無人機、毋須特別防範第四次世界大戰敵國侵略的城市。「搖身一變」，於時光推移下成了對人類來說「受災」嚴重，布滿了ＡＩ無人機的巢穴。

儘管多數的它們如今……**懶得動**。

一架「海象型」相當符合其型號名稱的，趴在哈德遜河道中央一塊突出的大塊混凝土上。可能是附近河畔的大樓倒塌、碎塊飛散後長年淤積所致。

總之對這架無人機而言，這是「最不消耗能量」的獨處待機空間。

——「海象型」可以潛水。

確實被設計之初，因為目的是特化於對空火力，大型的高射砲與導彈系統相對地剝奪了他們靈活移動的能力，卻也為了能快速渡水、部署於沿岸地區，安裝了「潛泳」的機能。

這樣好比「設計者私心」般的機能，可以讓超過十噸重的機械軀體排水、製造浮力，靠著渦輪發動機跑出陸地上無可比擬的速度。

如同真正的海象，相貌慵懶卻擅於深潛。

於是陸地上沒有任務、同伴也四散各處的孤獨「海象型」，**閒來無事**，稍早就摸著黑潛下河道。

喧鬧與繁華之景已逝去六年的紐約，尚未甦醒。

龐大而頹廢的城市，還在淺眠之中。

「海象型」以最低限度的能源運轉著各個部件的機能，它揚起充當雷達定位器的長牙，悠悠地望著哈德遜河上游的盡頭。

那裡，只有傾倒的廢城、煞風景的碼頭與望不見底的河水。

一撮橘紫輝芒閃過它的光學感應器。

「海象型」緩緩地將長牙移動過去。

這邊是河道的正中央，它初步判斷並不會有任何來自人類的動靜——除非對方也是ＡＩ無人機，又正好渡河而來，那它倒也可以解解悶。

雖然不清楚複數無人機在同一片區域除了戰鬥與實行指令外還能幹麼。

不過事與願違。那乍現的光芒只是太陽升起的信號。

河道偏右側的城市背影中，象徵日出的色彩正逐漸染過一成不變的夜晚，連帶深黑的河水也開始找回光澤。

正要低下頭回到最節能的待機狀態。「海象型」察覺了第二個異狀。

蟬鳴。

大量的蟬鳴。

隨著一縷縷金光而被召集出匣的，是黑壓壓一片、覆蓋整個河面的飛蟬。

它的資料庫中，並未有此一現象發生過的紀錄。

姑且知道【蟬】是人畜無害的生物。「海象型」還是提高了警戒，面對這排山倒海而來的「蟬爆」。

不過數百公尺的距離，這些比自己的視覺元件還小的昆蟲，沒花多久的力氣就逕直撲向了「海象型」所在之處。

其中有幾隻撞上了它硬梆梆的軀體，現場一命嗚呼。

但大多數都避開了沿途的障礙物，繼續往下游飛去。

將此刻的情況紀錄進資料庫中的「海象型」放鬆警戒——畢竟也就是一群無害的昆蟲——並低下感應器盯著腳邊蠕動掙扎的垂死夏蟬。

延遲的感測機能，使它晚一步才檢測倒夾雜於蟬鳴中、激盪的水花聲。

第三次地察覺異狀。

它看見了那蟬群之後的龐然巨獸。

那東西是自己體型的幾百倍，卻依然在水面上橫行無阻。

騙人ㄉ吧——人類的話似乎會這麼說。它也壓根沒料過這種場面。

——竟然是艘**【航空母艦】**。

【第六章】 全境警戒

「嘎咿——」
推開年老失修的艙門，那一副卡榫要斷掉的尖銳音效讓我腦額一陣刺痛。
因舷窗破裂之故，鹹鹹的海風混著鐵鏽氣味撲鼻而來。
「你知道嗎?自她於上個世紀退役後，一九八六年被指定為了國家歷史地標，現在又停泊在這個八十六號碼頭。」艾莉緹檢查了艙室內的狀況。「不覺得這數字很妙嗎?」
「嘛，總是有那麼一兩個巧合的吧。搞不好是刻意選了個好年份的。」
「亞克你還真是沒有情調呢。」
「呼嗯，設計者的美感還真是傳統到令人不敢恭維。」
跟在尾端的希萊絲直截了當地評價眼前的艙室。
確認了沒有UAD的成員搶先一步霸占整個**艦島**，我們展開了準備工作。
「不過啊，這東西真的還能開嗎……」
我感覺到地板有些搖晃。
不是因為在臺灣習以為常的地震。
數十分鐘前，我們率隊突入的地點，正是自光榮退役並改建為海、空暨太空博物館後，就幾乎一直停放於紐約哈德遜河其中一個碼頭的優雅女士。
紐約市民的驕傲，美國海軍「無畏號（USS Intrepid）」航空母艦。
「唔……我想**應該比開汽車還容易**吧？」
呃……「妳認真？」
「真的啊，不信你看看這些操舵用的部件和儀表板。」她敲了敲滿是黏膩灰塵的操作臺。「就連這個方向盤都沒比我開的車的大多少了。」
艦島中層的艦橋中，我站到風格沒有經過太多現代化的儀器們前方。操作臺幾乎沒有多少顯示器或電子化的數據指示器，充滿著令人玩味的舊時代機械制動感。放上手指，彷彿能透過沉睡了半個世紀的器械望見風風雨雨的太平洋戰爭中，她奮戰的英姿。
我轉了轉能讓這巨大船體轉向、如今滿布鏽斑的金屬圓盤……
嗯，她發出了很不妙的嘎吱聲，感覺整個轉軸都沒上過油。
艾莉緹繼續講故事。「而且我小時候，父母帶我來過這邊參觀。當時我本來想摸摸看這些搖桿，想不到工作人員大叔直接把我一把抱走，可見他們超害怕你不小心就打開了什麼哈。」
畢竟是國家歷史地標啊，能進來不代表能亂摸啊……
「總之，應該是能找到方法啟動，吧。可能。大概。」
「請在講答案的時候自信一點謝謝。」

『指揮官，機庫甲板確認清空。』

『輪機室、休息區、電報室等區域清空囉，指揮官大人～』

方才派去全面搜索整艘船艦是否有窩藏敵人的小隊們一一透過通訊裝置回報，我們出發前有將多的裝置與通訊頻道都分享給了艾莉緹那邊的人手。剛好另一個分隊亦傳來令人安心的報告：

『其餘下層甲板都沒看見任何人，長官。』

我與艾莉緹相互點頭。

「很好。再快速檢查一遍，好了就通通到飛行甲板集合。」

『『收到!!!』』

隊員們高亢的士氣不言自明，馬不停蹄地繼續準備工作。

「……被他們叫指揮官還真是沒習慣啊。」

「戰場上只需要一個指揮官。說過了吧，你們都已經挺過了那麼多戰場，那指揮的人選，毫無疑問就是你啦。」

艾莉緹無所顧慮地說。

「………謝謝。」

她苦苦笑道。「別那麼客氣。」

「亞克，艾莉緹小……」某名女孩跟我一樣還沒習慣在地人的大方。「呃嗯，艦上的小型隔間都檢查完畢了，沒有人在。」

紗兒將她的五人小隊留在飛行甲板，跨過高及小腿的門框登上艦橋。

「ＯＫ。那差不多就是時候了呢。」

感覺會被拒絕，但姑且還是確認看看：

「希萊絲，妳有辦法找出啟動她的辦法嗎？」

我問了在一邊旁觀的希萊絲。

「此種老古董，余可不懂。」

「我想也是呢。」

得到預期中的回答，艾莉緹伸展筋骨，示意我們退到一旁後，一個人在艦橋內不斷地來回操作各種按鈕與拉桿。

也不知道她到底是亂按還是照著某個神祕的航空母艦啟動流程。

反正在我們這種外人眼裡根本看不出來。

沒想到的是，當她反覆操作著機具來到某個時間點時……

「啪！」

艦橋的照明在幾次故障般地閃爍後大放光明，艾莉緹趕緊關掉才剛打開的幾個電源，只留一盞足夠看清眼前器械的日光燈，免得在這夜深人靜之刻被遠方的敵人發現光源。

她吐了口氣，繼續專注地「憑印象與直覺」找尋叫醒這沉睡巨獸的關鍵。

大概等了兩分鐘，艾莉緹終於完成了某些**看起來很重要的**步驟，如摩天大樓建案宣示動土般慎重，將手放上了管理能源推進的操縱桿。

她的動作停了下來。

「亞克……我才要跟你說謝謝。」

接著紗兒到來前的話題，她面帶微笑。

「是你們的到來，讓我能夠重新懷抱希望。」

原本的世界，起初的末日，是如此絕望而殘酷。

「所以，謝謝你。」

艾莉緹將操縱桿向前全力一扳——

「……」

「……」

「沒……反應呢。」紗兒晃了晃頭。

「果然這想法真的太天馬行空了嗎……」

無論是缺乏燃煤、引擎故障、拔除了操縱功能……出錯率實在太高了。

但艾莉緹還是堅持不懈。

「哎，讓子彈再飛一會兒嘛。」

她淡定自如拋下這句話……但眾人鴉雀無聲過了二十秒，連艾莉緹自己都耐不住性子，狠狠踹了面前的機器一腳——

吭。

轟隆——

隆隆隆隆隆隆隆——

面前的少女自豪地斜過頭。

「——看吧。」

屁啦。

我不由自主地想把心聲罵出來。

另一方面，也瞄到希萊絲若無其事地將剛剛「似乎在動什麼手腳」的右手縮回袖子裡，一聲也不吭。

（這傢伙，真是……）

就像是想抗議自己休息得太久，航空母艦無畏號整個船體，都隨著開始運轉的引擎而低鳴著。沉穩的震動傳遍每個角落、飛行甲板上被展示出來的航空器都發出了固定纜快要鬆脫的悲鳴。

引擎時隔六十年的全力運轉，讓生命的流動再次響徹著她這令人敬畏、征戰無數的鋼鐵之軀。

她曾終結了大艦巨砲主義的時代。
她的航路橫跨了三十年，涉足了太平洋與大西洋的天地。
現在，她將帶我們通往這一切末世可能的終點。
進行她此生，最後一次的服役。
——「…………唧唧唧唧唧唧……」……
「歐，來了來了。」
剛成功發動船艦，就聽到了如柴油引擎無法正確作用、久了反而讓人覺得煩亂的嘶躁聲重重交疊，眾人都朝著右後方望去。
夜幕之下的河道，多了幾萬點更漆黑的小小「援軍」。
艾莉緹開心的像是鄉間盛滿陽光的向日葵。
操縱著整艘無畏號迎接這些援軍，好像有那麼一點點帥氣。連我這指揮官，都不如現在這位「艦長」意氣風發。
「那——」
沒有艦載機的航空母艦脫離了久居的碼頭。
「夏蟬高鳴之時已至。無畏號，**全速前進！**」

††

二〇三四年七月四日　美國紐約州自由島　全球通AI軸心機構入口

風平浪靜。

清晨的的陽光如此美麗，卻不被通宵守夜的UAD傭兵心領。

「好累啊。」

「是啊。」

「換班還有多久？」

其中一名喊累的男子看看錶。「十四分鐘。」

「喔。」

兩名男子你一句我一句，沒什麼重點，只想快點結束這一輪的執勤。

「……」

「……喂，你看那邊。」

「啥？」

他們面對同一個方向，越過碼頭的欄杆之外，一大坨黑影遮蔽了日出。

「那是些啥啊……？」

右邊比較年長的男子定睛一看，這才理解了眼前的景象是些什麼。

「哦，那個啊，應該是蟬爆吧。」
「蟬爆？」
「就那個啊，啊……你才幾歲而已可能沒印象，我們這種在紐約活了大半個人生的都知道，大概每十……十三年還幾年吧，這些被叫做週期蟬的傢伙就會一口氣全跑出來，」盯著眼前逐漸逼近的飛蟬大軍，他倒沒在害怕。「聽說一次從幾十萬到上億隻都有。」
「噁……那種景象光用想的就覺得不舒服。」
年輕的男子誇張地抖了一下。
「安啦，小夥子。等等剛好換班躲進室內乘涼就好。」
年長男子哼了一聲。
「不過就是幾隻蟬。」
但是這景象也確實難得一見，他心想。
「喂，大鐵塊。」
用不屑的語氣呼喊，一旁「海象型」的機械紅眼慢慢動了過來。
「等等轟幾發到那堆蟬裡試試，應該會很壯觀吧，哈哈哈哈！」
並沒有攻擊**人類男子**的**AI無人機**的眼球閃爍了幾下。
然後什麼也沒回——它當然什麼都回應不了，就又將嵌著一雙長牙的頭部轉了回去。

「海象型」的中樞系統內，如今指令錯綜複雜。

相互矛盾。卻又，無法反抗。

蟬鳴如暮寒。

幾隻飛在前頭的夏蟬已經開始進入自由島的領域。

「等等……那**又**是什麼？」

「又怎麼啦？」

年長男子不厭煩地跟著另外一人的視線晃過去。

「……」

「…………」

「——喂喂……」

兩人都不敢置信地看著蟬群背後浮現於水面的巨大剪影。

「……——喂喂喂喂喂喂喂喂喂！」

甚至已完全嚇破了膽。

「**博物館**他媽的在動啊啊啊!!!」

劃破平靜的河面。

他們口中的「博物館」，挾著磅礡的氣勢駛了過來。

††

蟬鳴搞出的噪音如此之大，我們必須用喊的才能清楚傳話。

「我們是不是——航行的方向——有點歪？」

「我忘記——有一邊的螺旋槳——被拆了！」

「什麼——？」

「有・一・邊・的・螺・旋・槳・早・就・卸・掉・了！」

「…………………………」

被遺忘在機庫展覽室派不上用場的大螺旋槳，如果有生命的話，一定會憤怒得跳起來吧。

搞懂了艾莉緹說的話，我在驚濤駭浪中流下冷汗。

無畏號的引擎精力充沛，睽違這麼久的活絡筋骨讓艦艏不斷地衝破一道又一道的浪花，推開偶爾殘落於河道上的瓦礫高速前進。

然而也因為出發不久就發現了這艘大船似乎少了一邊的推進力，導致艾莉緹必須艱困地不斷左右調整航速與方位，使巨大無比的船艦相當驚險地於哈德遜河上蛇行著。

但歪七扭八的航線，並沒有拖到多少時間。

裙襬缺了一塊的自由女神像已經近在眼前。

憑藉著十三年週期蟬久久一次的「蟬爆」現象，加上天才剛亮沒多久，顯眼的航空母艦得以在兩者的掩護下，幾乎沒被偵查到地快速拉近與自由島——ＡＩ無人機的目標大本營的距離。

因為遠近透視感的差距，自由島已經不是與視線齊平，而是一塊平躺於我們腳下的低地。

我已經能感受到艦底正開始與礁石劇烈摩擦。

無畏號的引擎轟隆狂吼。

集結於飛行甲板上的小隊成員們都已將自己的身體固定妥當。

更激烈的觸礁感提醒了我下令的時機。

「全員，戰鬥位置——要撞上了！」

「所有人都抓穩囉！」

記得上次與上上次的大型戰役中，都是如此高調的進場方式。

但願今後不用再這麼颯爽地衝進敵營——

無所畏懼的航空母艦高速掠過碼頭，激起的浪潮完全淹沒了木造的支架與圍籬，就這麼筆直撞上了自由島沿岸的人行道。路面遭河水吞噬、碎裂，綠葉植物一株株受到鋼鐵無情的衝擊而傾倒。

明明艦艄已經離開了水面，卻在艦尾的螺旋槳暴力推動之下一階階地摔上島嶼。再次地衝撞、凹陷、瓦解，彷彿要頂破城門的攻城衝車，將這片要塞的正門口撞得滿目瘡痍。

劇烈的搖晃中，我緊緊抓著扶手，從艦橋的高度，能看到好幾名UAD守衛逃跑不及，有的消失於球鼻艄的壓輾之下、有的則被河水沖得不見人影。

「唔唔唔……！」

一震天搖地動過後，不畏風雨衝鋒陷陣的大船，終於停止了進擊。

無畏號將近一半的船身有如上帝擲下的尖槍，突兀地卡上了自由島的陸地，刮痕滿布的艦艄正好抵住自由女神像腳下的底座。

女神火炬的照耀之下，世界卻不再光明。

那由磚瓦堆砌而成的星芒型底座，被撞爛了一地的塵埃。

同時，那也是通往**UAD**——AI無人機災變原爆點的入口。

我甩了甩頭直起身，朝向眼前的甲板與陸地。

「————GO！」

「好！欸、欸，等一……咿呀啊啊啊————」

沒有時間去慢慢平復長時間搖晃所造成的暈眩感，我以公主抱抬起體重輕盈的艾莉緹，直接從摔落高度非死即傷的艦島一躍而下。

「異能」帶來的加速感與身體強化，讓我的雙腿頂住了落地的衝擊。放下心有餘悸的艾莉緹，紗兒與希萊絲也以各自的方式平安「降落」。此時隊員們已經在席奈的指揮下開始從船頭放下繩索進行登島了。

「看來我們要趕快了。走吧！」

「好、好……！」

「嗯！」

「行。」

我們幾個隊長級別的人快速跟上先行一步的隊伍，按照演練放下繩索。前方不遠處已經被蠻力撞碎的研究機構玻璃大門，就是全球通用ＡＩ軸心機構，通往水下設施的入口。

攀下繩索的那刻，無畏號艦艏大大的「INTREPID」白漆字樣與我對望。

雖然只是艘過時的航空母艦。

就僅僅，是艘早就退役的船艦。

她還是盡責地帶我們安全抵達了此地。

在沒人注意的時候，我致上了這輩子最深的軍禮。

「請妳，好好地休息吧。」

††

『警告：偵測到不規則人類活動跡象與損害本設施的撞擊。』

「沒關係，沒關係。」

『建議立即啟動【賦生計畫】第一階段，以排除威脅。』

「沒關係的，別著急。就快到時候了。」

『收到指令。』

「不用急。就讓他們進來吧。沒錯……沒錯。」

昏暗的空間中，萊修對著眼前的一整片深青色光幕，悄悄自語。

那眼裡盡是瘋狂與執著。

「讓他們進來，與**絕望**一起『好蒿爽爽』吧。」

††

擊破了外頭缺乏近戰能力的數架「海象型」，以及其後遭遇巨大的「棕熊型」後，靠著紗兒他們對付這種重視防禦的ＡＩ無人機的經驗，我們順利突圍，留下一個小隊把守向外的門口後，一群人直搗ＵＡＤ的設施內部。

畢竟是「水下建築」，光是向下的樓梯就深得要命。

旋轉梯狹窄（電梯也用不了）的情況下，我們只能呈縱隊，盡快三步併兩步的一個個奔下樓梯間抵達水下的樓層。

「醜話在前，余可不插手汝等的戰鬥，也不會阻礙汝等的進攻。」

「那妳要怎麼做？」

「余會找出那個厄刻絲——老身和那笨頭笨腦的機械有話要說。」

我邊跑邊與希萊絲對話。儘管不大明白她話中的含意，但我不打算懷疑她此刻的誠實。

「好。我知道妳不想攻擊**這裡的無人機**。」

「……汝，也注意到了嗎？」

她的語氣略顯詫異，但當然並沒有表現於臉上。

「嗯，稍微吧。紐約的這些武裝ＡＩ無人機，並非指令沒被覆蓋、會聽令於本該殲滅的人類，」對著希萊絲講出這些話，如鯁在喉。「它們，是被某種力量驅使而受奴役的——不是共存，而是主僕關係。這背後一定有人在作祟。」
「合理的推斷。厄刻絲對系統施了強硬的指令，它們，感到痛苦。」
希萊絲道出了正確答案。
我想，這也是為什麼，她在中央公園那時會發怒的原因吧。
看見自己的同胞遭受不合理的對待。
就算自己是脫離單純「AI無人機」範疇的存在，也理論上不會受到厄刻絲的直接影響，她還是感同身受。
「亞克。」
希萊絲直呼我的本名。
「余說過，人類與AI**不可能**有共存共榮的未來。」
「啊？嗯……」
「請謹記此話。」
又一度摸不著她的本意，前方突然冒出的一隻手使我的腳步緊急煞車。
艾莉緹攔住了我。「亞克，注意前方！」
才剛踏上這個許多人已抵達的平層，眼前的通道就發出了不祥的嘶叫聲，一大群「獵犬型」閃著飢渴的眼神朝我們狂衝。
這些無人機的腳步更為快速、且整齊劃一地鎖住了我們所有的前進路線。
是「軸心」——

我心算了一下「獵犬型」的數量，並快速比對著原先所拿到、在作戰會議上摸熟的UAD水下設施地圖。

這個建於水面之下的建築，其構造比想像中還要簡單明瞭。

龐大的設施分為三個主要部分，每棟建築體都直抵河床、並以圓環相互連接，同時更全是耐高水壓的建材結構，緊急時可藉由各自獨立的區域隔離系統，中段河水由設施的破損處繼續灌滿內部空間。

我們所在的這個平層，就剛好有三個通道各通向用途不同的三大空間。

其中，中央路線的最底層，據說即是全球AI軸心統合系統的主機——也就是敵對代號「厄刻絲」的所在地。

安排上，我們將分為三隊人馬，去挖出潛藏於這個設施裡的一切。

第二分隊，由紗兒帶領，隨同具備電子作戰能力的希萊絲前往厄刻絲的所在之處，以停擺統合系統為最優先任務；

第一分隊，跟著我前去實驗室控制中心捉拿萊修，如果不見人影就盡速搜查整棟設施；

第三分隊，清除剩餘一切障礙並負責充當誘餌引開多數來自UAD成員與「軸心」的威脅，因為是最危險的任務，由艾莉緹和席奈同時帶領。

任一分隊完成自己的任務，就朝第二分隊所在地靠攏。

任一分隊任務失敗、隊員全滅……

那我們所有人也都差不多玩完了。

「就按照先前的演習，一、二、三隊分散，先癱瘓通道裡的『獵犬型』！」

「收到！」

「第三分隊，動作！」

艾莉緹與席奈那隊率先衝了出去，紗兒也不遑多讓，確認希萊絲好好跟著之後經過我身邊。

「小心一點哦，亞克。」

她牽住了我的手。就算是如此危急的時刻，紗兒依舊耍著小小的任性。

「嗯，妳也是。」

溫暖的情感持續流淌手心。

然而眼下已經沒有時間了。

「……祝好運！」

我輕輕地放開手。

頭也不回地帶著分隊往通道虎視眈眈的「獵犬型」們走去。

我聽見背後的少女輕輕地說了聲……

——「記得要回來。」

我知道。

如果現在回頭、望見那暗中的一絲黃色薄紗。

那我可能再也無法往前了吧。

緊緊握住槍枝的握柄，我離開了我所熟悉的她們。

說起來……三個通道、三個空間、三組人馬各司其職，並且一定是由**這些人**前往**這些區域**……總覺得一切都太過於剛好。

就像是精心設計好的陷阱——才從廣闊的平層踩進透著外側水光、全玻璃製成的通道的那一刻，我就後悔了自己的後知後覺。

像是要嘲弄我們的行動，面前所有即將接觸的「獵犬型」一個接一個地被強制停機、癱瘓並跌落通道光滑的玻璃地面。

它們原本紛沓於通道內的亂雜，就好像有人把一袋鋁罐扔在地上般，迴盪的聲響在大量的「 啷」聲過後歸於虛無。

「怎麼回事……？」

——『啊，啊，麥克風……試，123，測試測試～……』

一道曾於這趟遠行中聽過一次的聲音透進整個通道。

『不—好—意—思，大家都有聽到嗎？哎呀，看起來廣播系統正常呢，大好，大好。』

不確定發聲源位於何處，所有人都屏氣凝神。

那是萊修的聲音。

（在哪裡……快出來啊，混蛋。）

『既然人都到齊了嘛，那就歡迎——歡迎各位來到我的史詩大劇！在下我，萊修，誠摯地邀請各位進入我的舞臺。不過不過不過，首先呢……』

還沒聽懂這個瘋男人到底在說些什麼，四周原本還半透著外頭河水一點點光亮的管型壁面，瞬間被不知道是什麼東西爬滿，呈現伸手不見五指的漆黑。

我和隊員們紛紛應變，馬上將突擊步槍下掛的手電筒打開——

純色的黑。

我們絲毫照不亮任何除了彼此以外的物件。沒過幾秒，我意識到了。

『請演員上臺前，得先布置一下舞臺才行啊。』

——「奈米碳管黑體（Vantablack）」。

吸收百分之九十九以上的可見光，目前所知能製造出的「最黑」物質。

此刻竟塗滿了我們頭頂到腳下所有的表面！

這下別說是戰鬥了，連前後移動的距離感都相當難抓。就好像是待在一個純色、無法反射光線的空間，搞不好只能扶著彼此慢速推進……

『不好意思～還得請 所 有 人 往後退五步，麻煩配合啊。』

沒給我們適應當下狀況的時間，萊修再次透過廣播傳話。

「這種鬼話誰會……」

『不往後退的話，**各位現在，就會死喔**。』

廣播內的聲調不再瘋癲，而是以相當低沉的口吻威嚇著。

像是不服從就真的會死一般的語氣。

想不到我身後的幾名隊員真的「聽信」了這男人的讒言，拖動著顫抖的腳步在無法看清方向的空間後退。

「不要聽他的，你們等等……」

我的喊叫再次被打斷，原因是一道厚重的鐵板門，帶著與通道管壁一模一樣的黑體塗層驟然降下。要不是我感受到空氣的流動並及時閃避，現在就已經是這堵牆下的亡魂了吧。

而這麼一降，完全隔離了我與第一分隊的隊員們。

『好啦，這下子閒雜人等都退出主舞臺了。』

上當了——我彷彿看得見萊修躲在麥克風背後的狡黠笑靨。

但至少另一邊應該還來得及……

「切——紗兒，艾莉緹，席奈！趕緊撤回平……」

『沒用的。亞克先生。』

我急切地敲打通訊裝置，這才發現訊號已經完全斷線，由這個封閉的通道無法聯絡到外界。

「……你做了什麼？」

『他們那邊也發生了一模一樣的事情，現在正乾著急呢。』

我不確定萊修是否聽得到我或其他人說話。

但能肯定的是，我們所有人恐怕，都成了甕中之鱉。

我們低估了這場災禍的**罪魁禍首**所會幹出的舉動。

『總之——我可是細心準備了，各位優秀的演員們，都能完美融入角色的舞臺啊！』

我緘口不言，在一片黑暗之中尋找任何可能的突破口。

然而那男人煩躁的聲線，繼續著他的自導自演：

『來來來，向各位隆重介紹——諸位可說是非常非之幸運啊，一生一次的機會，就讓我們掌聲歡迎，未曾向世界公開、本回是首次揭露的最新型的**武裝ＡＩ無人機**，鏘鏘鏘鏘～——』

什麼ＡＩ無人機？

聽到這敏感字詞的我回過神，但沒見到任何能凌駕於黑暗的物件。

內心開始擔心起其他人那邊的處境。

（紗兒……拜託妳不要中任何計了，我一定會……）

『接下來，表演即將開始。請各位觀眾～待在自己的座位上。』

狹窄的視野中，霎那間有一個小小的光點吸引了我的注意。

那個光點分成了兩個。

隨後，我才終於看出那是一雙距離我有段距離的**眼睛**。

紫色的眼珠些微地照亮其周邊帶有光澤與平滑凹陷的金屬。

環境過於黑暗，連下方的軀體都看不清。搞不好也是有著奈米碳管黑體覆蓋其全身。

但我立刻明白了那應該有著**人形之軀**的東西是什麼。

『——殺光他們，半神（Demigod）。』

††

幽暗而空間感錯亂的通道，紗兒的手電筒只照得亮一旁雪白通透的希萊絲。

「小隊員都被隔開了……」

從深黑中降下的鐵門，她也不敢貿然伸手去敲打。

應該說她現在甚至已經不知道當時鐵門降下的方位、或是通道的管壁在哪了——三百六十度都是消了光的純黑，根本無從找起。

「希萊絲，妳有辦法把這些……物質，清掉嗎？」

被指名到者沒有回應，紗兒感覺到希萊絲默默地蹲下身。

希萊絲手掌貼地，在唯一能精確觸碰到的平面上，延伸出奈米機械反應素摸索著底下不吐出任何反射光的黑體。

「奈米碳管黑體啊。化學材質不同，清不掉。」

希萊絲冷靜分析。

「然，無妨。」

眨眼之間，原本只存於腳下的一小片奈米機械，不花多少功夫就延展至整個空間。原本的通道形狀再次浮現，亮銀色的機械塗面蓋掉了侵占上下左右所有方位的碳管陣列。

希萊絲身上的奈米機械反應素的量沒有多到能夠取代整個空間的黑體，但前後延伸各二十公尺的銀色壁面，足夠讓紗兒重新認清所站之處。

少了光源輔助，深處還是昏暗無比。但至少手上還有手電筒，算是能抓回方向感與空間距離了。

「余其實毋須依靠視覺來感知環境就是。但汝應該會挺不方便。」

「嗯，是啊……畢竟得先解決前面這個啊。」

紗兒的眼睛前方，與希萊絲平淡的視線所望之處相同。

於十五公尺外的通道另一側。

「**半神型**」——方才萊修所提到的新型武裝ＡＩ無人機。

現在終於得以看清它的全貌。

「還真是人模人樣喏……笑話。」

「這……妳自己，也是吧……」

「勿多嘴。」

一個**人形**去譴責另一個**人型的機器人**，實在是笑不出來。

但比起希萊絲幼女般的身形與至少還有點表情的臉頰，朝他們慢慢走近的「半神型」，那副模樣，令人毛骨悚然。

目測至少有一般成年男性的一點五倍高。

跟紗兒相比，更是以兩倍的高度差，俯視著她這脆弱的生命（人造人）。

除了頭顱是銀灰色的以外，那修長的身軀全鍍上了奈米碳管黑體，並且時不時就會有亮色的奈米機械反應素爬過身體表面的樣子。然而因為將手電筒的光打上去也無法反射，身體細節與凹凸面根本看不清。

能確定的，就只有它腳與手的末端都極為尖銳。手臂部分還直接連接了粗估一公尺長的薄刃。「小腿」以下也是由利刃打造而成。
要是被揮到那麼一刀，恐怕任何防禦都擋不住。紗兒心想。
而最令人起雞皮疙瘩的，就是那與人類如出一轍的身材。
四肢的分布、胸前有稜角的隆起、細瘦的腰身與脖子，都像極了人類女子所追求的理想身材。
只可惜那身好體態，全是冷冰的金屬與幾何稜面。
彷彿想成為人類，卻被懲戒、墮落，最終只有一半模仿人類的機器人。
是被自奉為神祇的人類，以怪物的姿態創造出來的——半人半神。
就好像是要迎合紗兒的想像，沒有馬上攻擊過來的「半神型」，甚至停下了咔咔剁地的尖腳，在原地扭了扭頭，打量著其紫色雙眸前方的兩名個體。
宛若一匹高智慧的生物。
「要怎麼應付才好……？」
紗兒擺出架勢，準備以「異能」呼喚白狐幻象。
「汝，退下。」
「欸？希萊絲？」
她邁步向前，擋在了「半神型」與紗兒之間。
「妳不是不會幫我們跟ＡＩ無人機戰鬥嗎？」
「確實。」雪白色的斗篷翻動。「但余可沒承認過這貨是一匹ＡＩ。」

再度望向那詭異的ＡＩ無人機，只見「半神型」被希萊絲的行為……或是說希萊絲的存在本身激到，折起手腳，將「腳根」部分流動變化成了小巧的滾輪並散發出準備突擊的氣場。

它發出的聲音既不是嘶嘶聲，也非龐大個體所會發出的高吼。

那是一種從未聽過的**語言**。

——某種藉由成千上萬電子訊號交織而成的「說話」聲。

紗兒根本無法理解那斷續的機械雜音中的含意。

卻能清楚地感受到襲進骨子裡的那股冰寒。

————————**殺**。

「半神型」超高速的突刺，瞬間就移動了十幾公尺的距離，那手部長刃的尖端已經在希萊絲前額水晶體的咫尺之處。

這武裝ＡＩ無人機不合常理的智慧甚至一開始就知道了希萊絲的弱點。

「希萊絲，快躲開！」紗兒大喊。

「……貧弱。」

就在希萊絲吐出這兩個字的同時。「半神型」的動作嘎然而止。

再眨一眼，兩者的位置已然互換。

希萊絲身穿的斗篷下擺還在空中飄盪，彈指之間閃現至了與「半神型」背對的「身後」。

後者的頭顱中央，插著一根奈米機械製成的匕首。

彎刀般的雙足則被地面浮出的奈米機械牢牢捆縛。

「空有速度，不見悟意的機械呦。」

以唯一能接觸到「半神型」的地面牽制其行動、再用肉眼無法觀察的速度生成匕首穿進中樞要害，甚至利用它先入為主以為她是人類的誤導……

這場過程太唐突的戰鬥的勝者甩了甩手。

「汝沒資格啊，沒資格……」

希萊絲舉起右手握成拳狀，下一秒，銀白亮面的匕首被看不見的力量扯出並回歸為希萊絲身體的一部分。

紗兒後退一步，不久前氣勢還有如那純黑空間支配者的「半神型」，癱軟了四肢摔上地面。光輝已死的眼窩空洞地瞪著她。

「哇……呃……嗯。」

也不知道該做何感想，紗兒僅是感官上單純認為，這原本結果會更加不堪設想的戰鬥，竟如此草率就結束了。

貴為「新型」的武裝ＡＩ無人機，根本毫無招架之力。
不過紗兒心想，仔細想想也是。
……它的對手的可是曾經的「**女王**」。
希萊絲對某處不存在的監視器輕蔑地笑了笑。
隨後，露出了陰沉無比的憤怒表情。
「真要對余下手得逞，**汝**——就不該立於這片大地之上。」

††

「唰——！」
利刃破空揮砍而來，我彎下腰驚險閃過已經第二十一次完全忽視空氣阻力的平砍，加速的血紅光暈流經我的腿部，我收縮力量，將「異能」全數集中於右腿，在無盡的黑暗中踢向地面，躲過了緊接在平砍後的低角度斬擊。
然而我抓住時機由頂部「又」揮下的一擊——依舊沒能命中。調整好落地姿勢，我將手中的細刃刺入地面維持平衡。
無光的空間中，唯一有著明確存在感的雙目打量著我。
搞不好在覺得我這能與它鏖戰幾十回合的人類很有意思吧。

「有夠可怕的速度和隱蔽力……」

不知道第幾次驚異於這傢伙的能耐，我逝去下巴的汗滴。

有樣學樣地打量面前的「半神型」。

自它從純黑深處出現後，我靈機一動，從小包中掏出信號彈準備點燃引信，隨即有一道殘影飛過眼前，我慌忙退避，成功保全了十根手指的完好。

但那管信號彈與手電筒雙雙被削成了兩節廢品。

失去唯一的優勢，我只好將「異能」全開、摸黑戰鬥。

使用像是回聲定位的技巧，我將至今所能發揮最大限度的能力一半用以測量我與空間各處的距離、一半用來強化肢體。然而竄動全身的能量卻也隨著一回回的肉搏戰，逐漸被消耗殆盡。

假如可以悠哉地蹲在遠方用突擊步槍將他打成蜂窩那該有多好。

可惜在不得不進入近距離交戰的狀況前所射出的一輪子彈，通通被它出手迅捷的「手刀」擋下，一顆顆扁掉的彈頭噹啷落地。

就這樣辛苦纏鬥了兩分鐘也是迫不得已。

見我不攻擊不防禦，兇猛而冷冽的無人機大大跳起，收緊的雙腿如砲彈般襲來，我以刀背偏移了那彎刀型腿部的軌道，卻還是因為擋不下過於強勁的衝力而往一旁滾了幾圈。

「……難纏的東西。」

就算發動了「異能」，還是不夠。

勉強防得下「半神型」敏捷的攻擊，卻刨挖不下它身上任何一處。

而「異能」的物靈實體，我剛剛始終都召喚不出來。

牠遠遠不如紗兒的白狐們聽話。

是個除非攸關生死，否則都坐山觀虎鬥的固執生物。

「拜託啊，你如果在當時墜機時救過我一命……現在也快點出來啊！」

我忿忿地吼道。

有著「異能」的加持、卻無法使用它完整的力量，使我再次為了自己的無能感到憤慨。

（難道只能用那個了嗎……？）

我摸了摸胸前口袋的一管「撒手鐧」。

耳邊響起白石櫻許久以前的告誡。

——這個身體強化劑，能全面活化身體細胞，增強協調精準度。

——是一種極度強烈、高爆發性的針劑。

——然而，十分鐘的效力，會折損一般人，十年的壽命。

——你那細胞活性極強的體質，作用力會是他人的，數十倍。

——殺。

冰刀刺骨。

黑光迅閃。

「半神型」發出電子音交雜的怪鳴，趁我還在絞盡腦汁時換成由上往下、行雲流水的雙刃劈擊。盡可能見招拆招，我將「異能」全數匯聚至一點。

紅光連上雙手持的棍刀，我將能量的湧流橫展開來準備格擋。

未料「異能」的視野中原先揮落的兩把黑刃，不知不覺間少了一把。

「——！」

「半神型」神不知鬼不覺，機靈地將左側手臂奈米機械組成的刀刃瞬間溶解，並於腰身中段隱現、再組成，鋒利無比的黑刃轉為突刺攻擊，帶著沒有一絲猶豫的殺氣朝我毫無防備的腹部刺來。

（完蛋，中計……！）

這一招完全沒有閃避的空間。

「噗擦」一聲，沾著鮮紅血滴的刀尖已經在我的背後。

——人型無人機左手的刀刃，毫不留情穿過了我的側腹。

慶幸的是，我在最後一刻偏移了身體中軸，有驚無險地沒有讓它傷到重要臟器；即便如此，燒灼般的疼痛還是席捲我的全身。

我咯著血，與貼近到零距離的「半神型」對視。
那瞇起的紫色眼部像是在譏笑人類的弱小。
但不幸總伴隨幸運，我也終於確實地攀住了那看都看不見的金屬身軀。
空氣凝結，壓縮著周遭的密度。重新湧現的紅潮以慢動作驟閃著。
回憶起**少年**曾託付給我的話語，我憤而咆哮：

「——**給我滾出來，紅鷹!!!**」

回音震盪，我突然爆出的怒吼也使「半神型」察覺事有蹊蹺，趕忙想拔出卡在我體內的長刃。
但它並沒有那樣的機會可以重掌局勢。
稍縱即逝的雷光之間，一道赤紅的奔流劈上「半神型」的頭頂。
爬過那無心機械的奔流，並不只是將其當作避雷針一樣層層纏住。
紅色的暗影發出了長嘯。
「嘎啊啊————」
暗光愈變愈強，直到紅色的能量匯聚成了明確的型體、在我與「半神型」之間，出現了一隻半透明的嘯天猛禽。
宛如烈焰覆身的巨鷹，但沒有火在燃燒；

有如拍動長翼的鳥獸，在血紅中忽隱忽現。

帶著紅色的光流、由我的「異能」中顯現的鷹形幻象，死死地咬住了「半神型」的頭頂裝甲、並以兩腳的大爪子攫住其上臂封鎖行動。

「嘎啊——！」

牠再次長鳴高呼。

我沒放過眼下的機會，忍著極大的痛楚將身體拔出。與黑刃分離的瞬間，鮮血湧出傷口，一陣嘔吐感淹上我的肺部。

但我不能停下。

「——喝！」

我強化右手肌肉的爆發力，一個迴身、墊步，將「半神型」那被赤紅餘暉照亮的頸部納入斬擊軌道。

刀光無影。

劍閃如風。

電光石火間，棍刀傳來切過某物的深刻手感。

「半神型」的腦袋，終於與身體斷開了連結。

AI無人機與身軀分離的頭顱掉落覆滿奈米碳管黑體的地面，滾了幾圈後緩緩停下。失去了捕捉目標的紅鷹，也隨著我將近枯竭的「異能」而於空氣中消散了身影。

我維持著出刀後以極限速度猛衝的姿勢，大口喘氣。

「哼，一開始出來不就好了嗎……咳。」

由喉嚨深處炸開的血塊吐了滿地的漆黑。

††

無法感受實際的位置、無法抓準空間的距離感。

時間的流動變得詭異。

就連自己是誰的印象，都開始變得模糊。

純黑的空間所給人的壓迫感就是如此之重。

況且，這退路被完全封死的通道，不只有席奈、艾莉緹與驚險逃過被鐵門壓扁命運的佛魯特三人。

另一個**東西**也在。

「分隊長大人呦，這下可是大危機了啊。」

「剛剛那傢伙……是萊修吧，這就是他所預告的……」

艾莉緹緊張地抓著席奈的肩膀確認生命的存在。

「長官……」

「不要緊。」艾莉緹死盯著慢慢逼近她們的鬼火。「**應該不要緊。**」

一想到其他通道的分隊也面臨同樣的狀況……不僅自己的小隊成員被緊閉門後、

生死未卜，尤其前方還有被稱為「半神」的未知敵人，她就心頭一緊。

「這可連長相都看不出來啊。呿。」

艾莉緹輕聲下達指示。

「先不要輕舉妄動……我們從未遭遇過這樣的ＡＩ無人機。」

「呵，好，我聽妳的，最好快點想一個讓我們活命的辦法唷。」

席奈試著給艾莉緹多點自信，但她，卻連下一步該怎麼走都不清楚。

「要開燈嗎，長官？」

「不。應該沒有用。」艾莉緹觀察了一番。「估計它那軀體也鍍上或以相同的物質構成……手電筒照上去，我們的動作反而會曝光。」

雖然艾莉緹也心知肚明，ＡＩ無人機不可能只靠視覺辨位。

這時也無法用槍施以射擊……不確定會不會對這至少在水深二十公尺以下的管壁造成損害，又或是反過來，子彈危險地反彈回來。

不久前罩住了整個通道空間的奈米碳管黑體，不放任一絲一毫的光線透進。五感所能捕捉到的唯一「敵人」，沒有如一般的無人機馬上展開攻擊，而是以不慌不忙的態度觀望著他們三人。

這遠比面對通常會直接無腦衝鋒的「獵犬型」還糟糕。

甚至明目張膽搞破壞、體型巨大的「棕熊型」等都還有可趁之機。

眼前這個「半神型」……

是不同次元的「存在」。

——————**殺**。

「閃開！」

正當艾莉緹還在苦思戰術時，席奈高分貝的警告將她拉離地面。碎塊崩解，通道跟著微微震動，上一刻還站著的地方已經被「半神型」用驚人的高速蠻力刺穿。

因為無法目測四周環境，三人紛紛撞上管壁。在室內有著高機動優勢的「半神型」，如冥府派來的使者，將佛魯特與艾莉緹、席奈兩人隔開，並以少數能反射光線的臉部裝甲輪流斜視著他們。

那鬼火般的紫眼如貓頭鷹隨處轉動。

只有脖子以上的可見部位像痙攣般不自然地喀喀作響。

「不……」

看著這副光景，就跟太空船上滴著黏液盯著自己看的異形一樣可怕。

而那簌簌抖動的異形，正變換著自己的容貌。

「不要……」

只有頭部的「半神型」。

那頭顱幻化成了夏洛特・布朗的首級。

「不行……保持冷靜，保持冷靜，保持保持保持…………」

「————**都是妳的錯，艾莉！**」

挾帶著不自然的回音，一道激動的聲音跑進了艾莉緹的意識。

她不敢抬頭。她不敢去想像。

但人類就算在絕望中依然會有的可悲好奇心，驅使她一吋吋抬高視線。

純然的黑暗中，將自己當作是親妹妹般疼愛的夏洛特，她那殘破且血花四濺的頭部呈在面前。

連不平整的頸部斷面、失去光澤而放大的瞳孔，都因為艾莉緹瘋狂的妄想而被忠實地還原了出來。

——妳害死了我們。

「嗚……！」

「半神型」實際上沒有嘴部，卻在失去自主意志的艾莉緹眼中，成了滿口血漿、牙齒斷裂的潰爛臉孔。

那臉孔從眼皮下流出了早已失去鮮度的血液。

濡濕的頭髮髒亂地垂掛。

噁心的混合物由那妄想出的嘴中，與非理智的耳語一同流洩。

「**是妳的錯，妳的錯妳的錯妳的錯妳的錯妳的妳的妳的……**」

席奈大叫。「艾莉緹！那只是幻覺，把意識拉回來——！」

那清晰而充滿悲鳴的耳語，在艾莉緹的意識中炸開。

雜亂的機械語再次被低聲鳴唱。

——**殺**。

她流下兩行止不住的淚，呆愣地坐倒在原地。

「半神型」致命的黑刃已經高舉。

「可惡！」席奈見艾莉緹動也不動，飛身準備以肉身阻擋。

「長官，小心！」

在「半神型」背後的佛魯特箭步上前，不管三七二十一地一掏槍就往它的頭部裝甲射了一槍。反應速度不合常理的人工智慧瞬間扭頭，閃過了咻一聲飛過的子彈。

其動作之間毫無間隔，一轉身就把黑刃精準伸向了佛魯特的心臟。

那都是須臾之間的事。

席奈與艾莉緹紛紛瞪大了雙瞳，親眼看著佛魯特的心窩抵著冷酷無人機右臂的下緣。他的胸口已被黑刃完全刺穿。

「噗咳……！」

「佛、佛魯特！」

大量血液噴湧，濺到了「半神型」的那被黑體包裹的表面裝甲。

但這兇殘的一刀，並沒有馬上置它視覺內的這名人類於死地。

佛魯特又從嘴角迸出鮮紅的液體。

然後，這名忠誠的隊員笑了。

「希莉……長官，能與妳共事，是屬下的……榮幸。」

他伸手到掛滿各式裝備的腰間。

「半神型」意識到了不對勁，卻因為被壯碩的佛魯特扣著肩膀部位、箝制住上半身而無法自由活動。

在這僵持不下的短暫時刻，佛魯特吃力地由腰間掏出的，不是手榴彈，而是每個人都有被配發到的信號彈與軍用小刀。

「半神型」無法阻止佛魯特引燃信號彈並丟至地面，只能狂亂地扭動身軀，卻始終無法將頑強的人類由身上甩下。

「艾莉……緹……妳……咳，不要忘了……」

嫣紅的火光照耀附近的一切可視物。

顫動的光芒中，佛魯特依然勾著嘴角。

儘管那嘴角已承載不住更多血淚。

「……妳笑起來……是世界——第一可愛的。」

至死都沒有怨言的戰士，使盡最後的力氣，用小刀劃開自己的腹部。

湧出量令人無法直視的鮮血，將「半神型」的身軀盡數染紅。

「不——!!!」

艾莉緹模糊的視野中，那個在奪還了紐約行動基地後，一直對她不離不棄、對命令悉數聽從，並且從來沒在乎過她輩分過於年輕的佛魯特，就這麼被掙開束縛的「半神型」興致缺缺拋到一邊。

（我又這麼……眼睜睜看著同伴送死了嗎。）

啊，果然這次又要失敗了，艾莉緹心想。

躺在地面的信號彈尚未燃盡自己短暫的生命。

希望與覺悟的餘暉尚在。

——「艾莉緹，站起來！**現在!!!**」

席奈眼角的淚光閃動，勇猛地朝「半神型」衝鋒。

注意到這邊動向的「半神型」優雅轉身，想憑藉詭異空間所營造的優勢，迎擊個頭比自己小了一倍的席奈並預想好了這人類的死狀。

但是，佛魯特並沒有白白犧牲。

兩邊的黑刃重重地從不同方向、呈十字型向席奈砍了過去。

「你的動作我可都看得一清二楚啊，廢鐵！」

名副其實。「滿身是血」的ＡＩ無人機，再也沒有光學迷彩般的隱身術，被持續閃耀的信號彈照得體無完膚。

席奈小小的身子如迅雷、如疾風，將身體壓到與地面平行，閃過了「半神型」那致命的雙斬，更預判了追加的下砍攻擊輕鬆避開。他滑動小腿，眨眼之間便已繞到其後，戰應員敏捷的軀幹在縮身到極限後如彈丸般飛跳而出。

然而同樣以「高速」著稱的「半神型」也非省油的燈。它嘶吼一聲，使出幾乎沒有死角的連擊，所有的斬擊軌道將席奈突進的路線封得嚴嚴實實。招數被鎖死的席奈弓身調整姿勢，以手中的兩把衝鋒槍側面，一個個擋開了致死之刃又沉又重的揮砍。

「席奈，右上！」

已經起身的艾莉緹出聲警告並跌跌撞撞跑來，席奈的眼角餘光也鎖定了在同一個毫秒之際殺來的二重斬——但是，無法避開。

那幫助他捕捉無人機動作的眼睛承受了其中一刀的撕咬，血流如注。

頓時失去了半邊的視線，席奈的戰意卻不見削減。

「哈！廢鐵，太晚阻止我了！」

就算因為上個瞬間狂亂的斬擊而致使行進路線偏移，沒辦法攻擊其頭部，席奈還是找到了珍貴的空隙，將衝鋒槍對入「半神型」最脆弱的關節部分。

「噠噠噠噠噠！」連續的射擊將超速旋轉的子彈通通釘進ＡＩ無人機手腳的接合

處。「半神型」關節崩裂、難以支撐剩餘肢體的重量，勉強以雙手的黑刃代替拄杖，雙足微曲半跪於地。

那是席奈所創造出來的絕佳機會。

也是唯一致勝的可能——

「——艾莉緹，快跳！」

因為衝鋒的勢頭過猛，在射完一輪子彈後的席奈痛苦地摔落地面。不過艾莉緹不需多提醒，身體已經自己動了起來。

身為普通人的她，在跳躍力方面也是居全特情局之首。

艾莉緹的雙腳如彈簧般將軀幹高高抬起，一口氣躍上了「半神型」頭部的高度。接著，她狠力掐住了那機械的脖子。

少女的眼中，在那一霎那，不見半點哭啼與溫和。

「去・死　。」

插進「半神型」其中一邊視覺元件的手槍開火，衝出槍口的子彈撞破表面的黏膜、琉璃、發光體、電線線路，一路貫通到中樞系統的最深處。

「碰！」的餘響還殘留於通道之中，戰力勝過任何其他型號的高強無人機，就此，不再運作。

歷經千辛萬苦終於了結了敵人的艾莉緹跪倒於地。

只有信號彈的殘光劈啪作響的空間，格外安靜。

佛魯特斷了氣的軀體倒在她的右前方。

艾莉緹忽然覺得無比疲累，身體的力氣漸失。

「席奈……你可以幫忙……檢查前面的路嗎？」

「……不，我想前方應該沒有敵人了。」

雖說舉目一看，視野依舊是黑漆漆的一片——外加一半的血紅。

通道的底部送來無色無味的冷風。

席奈單眼微瞇，感知不到任何外人的氣息。反而是現在能夠分神聆聽後，可以聽見另一側的鐵板門後，沒有遭逢不測的隊員們正嘗試破門的噪音。

席奈非常肯定。那有著超常智慧的半神，就是這片區域唯一的敵人。

「嗯。沒有了。」

「是……嗎。」

艾莉緹臉色蒼白、音量微弱。頃刻之間，又忽然對著空氣失聲喊道：

「對、對不起！我……」

「嘿，嘿，分隊長大人。」席奈刻意以樂觀的語氣安撫。「不是說好不成功便成仁的嗎？我們可還得活著出去啊。」

艾莉緹怔怔地抬起頭，在手電筒的光照之下，與她同齡的那名風趣少年，正伸出稍短卻強而有力的手，靜靜等待著。

他一邊的眼睛受傷、額頭流淌著駭人的血紅。

但剩下能看見的臉龐，卻處處寫著溫和。

這是她第一次見到席奈溫柔的一面。

「走吧。我聽妳的。」

「……嗯。」

席奈拉起了艾莉緹，並且兩人分別揹住了佛魯特軀體兩邊的臂膀。

艾莉緹的身體依然發冷。但這次，她的心情平復得比以往都快上許多。

臉頰兩側的淚痕警惕著自己。她緊緊抓住身上的陳舊披肩。

——不能再有如此的失態。

「我們往回吧，席奈……回到亞克與紗兒他們身邊。」

††

空間寂靜得令人耳鳴。

無盡的通道、旋梯、通道、旋梯之間，只有我自己沉重的屣音。

嘴角的血痕無法擦得很乾淨、腹部的傷口姑且做過了應急處理。但要是再來一架那種東西……我可吃不消。

話說這條路，還要走多久呢？

我相當確定我已經來到我這個區塊建築體的最下層。但至於這個底層究竟延伸了多少距離才能抵達下一個「主空間」，地圖也沒有標註。

「至少還有點光，不然我可都要得幽暗恐懼症了……」

奈米碳管黑體也並非覆滿了整個水下設施，在我千辛萬苦邊摸著牆壁邊走下來的中途，黑體的分布就乾乾淨淨地被切分開來了。

我持續前進。

不斷前進。

不斷前進。

不斷地，前進。

哪時候開始。「重建人類文明」變成了自己的使命呢？是自「大災變」的那架「巨狼型」將我擊昏開始嗎？還是在廢墟石堆中找到那奇蹟存活的白髮女孩開始？又或是與第一指揮組的夥伴們重逢後，才開始認真想復原這個世界？綿延的昏暗中，我不禁神遊般思考著這些事情。

但這道題還沒得到解答，我就悄悄跨過了一個門框，踩進說大不大，說小也沒有比一間中學教室小的空間。

出於意料——又或是說意料之中，一個聽膩的聲線斷斷作響。

「哎呀，沒想到你們都挺過去呢了——幾乎所有人，呢。」

「萊修……」我站穩步伐。

「歐呦！先別那麼急，別那麼急，隊長大人。」見我毫不躊躇拔槍，萊修在悄然無聲的昏暗中拼命揮手。「我只是想褒美一下你們如此英勇的身姿啊！你們可是擊退了我所創造出來最新最強的AI無人機唷！」

「少廢話。厄刻絲在哪？」

「厄刻絲？厄刻絲？**她**的**本體**當然不在這裡——您也知道。」

我一邊盯著這男人的動向，一邊環視不知是不是為了搞氣氛而沒有開燈的空間。和水下設施絕大多數的走廊管道等不同，這個天花板挑高、布置得像研究室的地方，三面都不是鋼化玻璃。

「不過，我倒是可以『給您看看』她在哪裡。」

「別想耍花招。」

我舉正左輪手槍。這一次，彈巢內六個空位都裝滿了一擊必殺的子彈。

「沒有所謂『公平機率』了，萊修。」

「表情好~可怕。但您現在就開槍的話，可會愧疚一輩子啊。」

「什麼？」

「您想看對吧？想知道對吧？您那些跟著你一同來送死的小夥伴們現在……是死

是活。」

殺還是不殺，這閃過腦海的問題使我的手肘抖了一下。

必須承認，我現在擔心紗兒他們的程度超過想一槍蹦了這男人的衝動。

但我的手沒有放下。

萊修當然也不認為我會因此就上當，懷著淺淺笑意說道：

「這就讓您看看吧，亞克先生。」

響指一彈，他的背後「啪啪啪」地打開了一面面螢幕。那些螢幕全數無縫接軌地相連，直到最後一塊黑格子填滿了雙色的閃光。

高頻率的閃光。

同時，我注意到了萊修頭上連著的怪異裝置。

有如剛剛跟黑暗融為一體，如今才浮現於視網膜上的大量管線與貼片，連著萊修那隨著他瘋狂計謀震盪的大腦。

那些管線插得他外露的神經發紫。

放棄了身為人的——正常模樣。

「亞克先生啊，我從不食言。」

沒能來得及問話，我的注意力轉向巨大的光幕。

那裡，有兩個站在原地的「人形」正在「交戰」。

以凡人之軀無法理解的戰鬥方式。

揚言毀滅世上所有人類的狂妄科學家嘴角誇張地勾上魚尾紋。

「我可是不會讓你們那可愛的**原型**ＡＩ輕鬆過關的。」

††

希萊絲拋下了紗兒。

在輕輕鬆鬆擊倒「半神型」後，一道古怪的聲音穿過了她的「腦海」。

應該說，那道聲音是如此熟悉。

不只是聽過一遍、兩遍的熟稔。

而是宛如由自己的**至親**所發出、高亢又深沉的呼喚。

「——過來——」

她展開了「異能」，瞬間就捕捉到了聲音的發源處。

沒等紗兒跟上、在她後面喊著她的名字，希萊絲獨自突入了通道的深處，闖進三大建築體的其中一棟並向下狂奔。

她不能等。

儘管——還有**很多話**想跟**他們**說。

但她必須知道。

必須知道這一切的一切、想毀滅人類的理由、她自我的人格、在現代被理解為人工智慧的原因——那些中樞系統無法解釋，令人**心煩意亂**的訊號，以及所有她周遭事物的過往……

她都渴望釐清。

覺醒後六年、脫離了那坨看膩的黑色的機械後一年，希萊絲自我暫停了除了軀體活動外絕大多數的機能、蘊存「異能」的力量避免消耗，並在跟隨著人類的時間中，體驗到了前所未有的世界。

然而，卻又有那麼一小搓電子訊號告訴她。

那樣的**世界**，她早就在其中「活」過了無以計數的時光。

「愚蠢的電子訊號……」

希萊絲以奈米機械反應素生成滑板般的圓盤，在通至最底層後逕直向深處滑去。聽取著愈來愈清晰的「聲音」，她沒花幾秒的時間就進入了目的地。

「呼姆。這裡嗎。」

這是一個布滿了機械怪臂、電纜、螢幕的巨大空間。

兩邊與正面牆壁的連接呈梯形，由看似堅固的鋼板建構而成；地板上則放滿了規則排列的大量伺服器，相繼閃爍著詭異的訊號提示燈。並且，放眼所及的一切都以圍繞中心「某樣東西」的方式配置。

令她想起了自己曾長年被禁錮的那座實驗室。

「哼，人類的設計總是如此直觀而醜陋。」

希萊絲雙眼細瞇。

「就是汝呼喚余的？」

如果現在立於此處的是一般人類，面前「那個東西」的存在感肯定是壓倒性的強烈吧。但正因為希萊絲知道**眼前之物為何人**、同時自己也無法屏除相似「同胞」的身分，才會如此冷漠淡定地問話。

但另一方面，她也沒有把正高高懸掛的**她**視作同伴。

那機械人形身材纖瘦、凹凸有致，除了長到嚇人的頭髮與白皙的人造肌膚，以人類女性的角度來看都遠比希萊絲成熟。

過了不久，那名對象慢慢回答。

『疑問：來者何人？』

希萊絲心想「果然如此」，邊以挑釁的語氣回答：

「喂喂，可是汝自己把余叫到這裡來的啊。何況，由人類之觀點而視，余可是汝的『姊姊』。」

『疑問：本機無姊姊的概念。重複一次，來者何人？』

「真是講不聽的妹妹。」

『警告：來者無法辨認身分，判斷為敵意個體，予以排除。』

就像是對這句話等待已久，希萊絲冷笑一聲。

「好啊。就跟汝說清楚吧——余是汝等最想剷除的，**人‧類‧呦**。」

高冷無情的機械稍微睜大了視覺元件。

同時，周遭的儀器與電力系統增大了轉速，能量的純藍光流源源不絕地往那名人形機械的身上輸送，一層層增大著光芒。

那藍既非天空的蒼藍、也非大海的蔚藍。

而是——與那名個體頭上的晶體同調、會將魂魄吸入的灰藍。

『人類……』

不想理會「她」的喃喃自語，希萊絲也張開了雙臂。

在這裡，她可以揮灑全力。

在這裡，她可以想起一切。

機械式對著話的「她」，是長遠缺失記憶的最後一塊拼圖、是繼承並奪取了大部分ＡＩ無人機操控權的首領、是希萊絲被分離出來的——**第三個人格**。

她必須知道。

紗兒已經讓自己想起了一半的現實。而藉由與機械人形面對面衝突的機會，她能夠展開「異能」最大上限的輸出量，看清過去、現在及未來的一切。
只要雙方都展開**全力**對峙，希萊絲就能知道了。
『通知：了解狀況。』
停頓一下後，人形的頭頂大放異芒。宛若穿腦的魔音、宛若深淵的叫吼，身為AI統合系統主機的「她」，挾著千條純藍的細絲，震道：
『吾名厄刻絲，在此宣告。』
『即刻起，排除一切舊有生命，迎接新世。』
真會放大話。
希萊絲的白長袍被靜電捲起，自己浮上了半空。
背後竄出萬丈亮紫色的光輝，曾傲視所有生命的「女王」疾呼：
「余名為希萊絲，在此宣告——」
想起初次與亞克等人的對話，她笑了。
「異能」揮發量已被提升到了極限。

那個瞬間，希萊絲與厄刻絲兩名ＡＩ個體的印象資料，完全連接。

「——余將重現千古舊世的願望！」

#【ΤΕΛΟΣ】 八千三百四十一年前的絕憶

冰原的哀嘆綿延無盡。

我打著赤腳，踩過雪地。

是為什麼呢？

我無言地凝視倒在雪中、紅染一片的屍體。那是一名「無」——本身不持有「異能」的人類的軀體。現在上身已與雙腳分離。

因為他剛剛想用長矛刺殺自己，所以我先下手為強，殺了他。

殺了**他們**。

一路到滿布冰霜、被風雪吹打的宮殿正門，那高聳的門扉前，映入眼簾的，是躺倒在地、無數具斷了氣的人類軀體。

他們全是「無」。

痛恨著「異能者」的次等人類。

因為互不理解、因為與生俱來的能力不同。

我們都將彼此視為怪物。

這些人恐怕又是因為懼怕著我「制象」的能力，前來暗殺的吧。

早就見怪不怪了，我淡淡心想。

反正這些在冰天雪地中不會腐化的身軀，總有一天會被埋於十呎的深雪中，回歸大地。

這是我唯一能留給他們的仁慈。

「雪山的冰魔女」——我似乎被外界的人們這麼叫著。

但在空蕩蕩的宮殿待久了，也無心在意與自己沒有瓜葛的事物。

獨自一人。

我拖著不畏寒的身體，走回只有我一個人居住的宮殿。

……回憶反覆躍進、收縮——

「——妳的名字叫希，對吧？」

「……來者何人？」

聽到陌生的聲音，我自冰封的王座上慵懶睜眼。

眼前掛著禮貌笑容的少年，帶著一名惴惴不安的女孩筆直走來。

王座廳相當大，一排排圓柱相互對望、晶瑩剔透的落地窗外風雪交加，將王座與門口連成一直線的酒紅色地毯，塑造了冰藍之中唯一的鮮豔色彩。除此之外幾乎別無任何傢俱，使得碩大的空間形同虛設。

不確定少年來訪的目的為何，我已經在王座背後偷偷展開冰椎飛刺。

少年的下句話迴盪於冰氣之間。

「我叫索伊，這位是安。我們都是『異能者』。」

「妳、妳好……」女孩支吾打了招呼。

異能者……

「我對妳們的名字沒興趣。說，來幹麼的？」

就算不是「無」，我依然冷冷拋出一句。

「根據回答我會把你們當場刺穿。」

可以見到自稱索伊的少年有些緊張，不過面對我刻意散播出的寒氣卻還是站得直挺挺地……這點值得稱讚。

「我們是為了達成願望，來尋求合作的。」

「願望？」

「是的。我們想創造**人類不再互相殘殺**的世界。」

我瞪大了眼。

驚訝到甚至忘記維持身後的冰椎的形狀。

「你……你是笨蛋嗎？」

能聽到女孩推拉著少年抱怨「看吧哥，所以我就說了……」諸如此類我無暇聽完細節的對話。

但少年只是苦著眉哈哈笑著。

我閉眼嘆息，忍不住糾正少年這天真的思維。

「陌生人，你難道不知道**兩邊的族群**是不可能相互諒……」

「我知道。」

聲音是如此堅定。

我吃驚地抬頭——從來沒有人敢打斷我。

「我知道。」他又重複了一次。

那沒有迷霧的眼神、那微微勾起的嘴角。

就像是在說「他真的做得到」。

……記憶反覆躍進、收縮——

——「希，問妳哦。」

「……怎麼了？」

「看到這樣的景象，就沒有點感想嗎？」

「……妳好煩。」

「哈哈哈哈。畢竟妳一直都像個深居罕出的大小姐嘛，總想聽聽一些外地人的想法。」

「這個……唔……」

我裹著紗衣，與安望著同一片景象。

這個「村落」周遭沒什麼鬧熱的商店或氣派的建築，只有一座座落在積雪中、由磚石芒葦混合打造而成的簡陋茅屋。

村落被當成是小型廣場的中央，一群人不畏天寒，在雪地上玩著稱作「鬼抓人」的遊戲。索伊赤紅色的頭髮格外顯眼，雖然是村裡算年長的「大哥哥」，卻童心未泯地跟著孩子們玩耍。

「真窮酸。」

「好、好過分!?」

「不過……」

我瞇起了眼。

那群孩童中，有還不熟悉能力的「異能者」，也有平凡的──「無」。

這兩者，在此地的「戰爭」……

就只是其中一方被另一方抓住了肩膀，哭哭啼啼地被淘汰等下一輪遊戲。

不存在仇恨。

不存在鄙視。

不存在鴻溝。

「……真是不可思議。」

懷著淡淡的哀愁，安解釋道：

「我出身的這個小村啊，比不上大城鎮的那些有錢人家，幾乎所有人都很窮，所以都得靠相互扶持來生活。一起在下雪天種出生存力強韌的糧食、結伴同行到附近的城鎮換取物資、有誰家臨時有事外出就幫忙照顧小孩子……」

身旁的她笑了。

「根本不會有時間去顧慮先天的不同嘛。」

看著索伊笑得如此開心。感受到安那溫暖的笑容。

微笑也跟著沾上了我的臉頰。

……追憶反覆躍進、收縮……

寒風刺骨。

「……希，妳剛剛，說什麼？」

我忍著痛楚，但還是口齒清晰地傳達剛才說過的話。

「我說，我還可以拯救她的意識。還來得及。」

面前，天寒地凍之中，索伊淚流滿面。

在他懷中，不再呼吸、失去溫度的女孩。

是安。

「來得……及？」

我緩緩點頭。

索伊儘管有些失去冷靜，不過還是低頭認真思考：「但是這麼一來，妳會……妳自己有可能會消失的。」

「我不在乎。」

是啊，我不在乎。

我什麼時候在乎過任何事了？

雪山的冰魔女——這樣的稱呼必須是毫無情感、蔑視萬物的存在。

別人說什麼，就讓它是什麼……我早已習慣了。

我唯一會在乎的……

「…………希，妳要想清楚。」

索伊緊抱著臂彎裡的軀體，用哭紅了的赤色雙眸看著我。

他知道我的「異能」。

他知道我擁有的體質。

他知道我想要做什麼。

「我不想讓妳因此受傷。更何況是**無法補救的傷**。」

你果然……就是這樣的人呢。

一想到自己的提案將會對身體造成的危害，就一陣頭暈目眩。

然而，我還是，再次點了點頭。

因為我**在乎**。

「讓安的靈魂與我融合吧。」

幻象之憶。

朦朧如霧。

「——希。」

模糊的意識中，熟悉的聲音輕呼我的名字。

「我決定好了。」

「決定……好……什麼？」

體內的某種東西不斷碰撞。

卻又每每在碰撞的瞬間，環抱在了一起。

記憶混亂不清。

過去與現在的光流全都纏在一團。

但我還記得面前的他是誰、還勉強能吐出話語。

索伊保持單膝而跪的姿勢。不遠處，站著另一名男人。

「我要讓『異能』完全絕滅。」

——我們的嘗試失敗了。

戰爭的野火將深雪燒盡。

在我們身處的這個位於雪山頂、天花板早就崩毀的冰封宮殿之下的山角。「異能者」與「無」兩族之間的廝殺，早已無法停下。

對於索伊曾提過不少次的偏激想法，我也無法駁斥。

「是嗎……終究，還是……」

「把妳的力量，最後一次借給我吧。」

「……你真的，想要使用『**追憶**』，的禁忌之力？」

「嗯。」

他的眼神充滿悲傷。卻也未見一絲游移。

「**我們**……會很孤單的。」

他似乎苦笑了一下。

「總是會再見面的，哪怕有多麼不可能——就像我在這宮殿遇見妳一樣。」

「你說過……要讓人類不……相殘殺。」

「我會的。那畢竟也是妳們的願望啊。」

我的願望……

原來如此。在**愛上他**的同時，我也相信了他心之所願，是吧。

好痛苦。

可是此刻的我，大概也無法阻止他。

索伊吸了口氣站起。「幻先生……就拜託你了。」

「遵囑，索伊大人。」

在一旁默默等待的男人回覆。

「我等白石一族作為見證者，發誓將永遠記憶並隱瞞於世。直到這對未來人們來說的『過去』，能被重新訴說。」

「謝謝。」

索伊轉過身。

他要離開了。

我竭力發出呼喊，卻僅能無力跪坐冰冷的地面。

「索……伊……」

「…………你要回來。」

拜託了，請你，一定要回來。

神啊，求求您。

如果您還聽得見我的願望。我的**第二個**願望。

——請您讓他活著回來。

滄桑的背影停了下來。

轉過來的，是納入了世上所有悲愴的微笑。

「——幾百幾千年後的哪一天，我們再相見吧。**希，安**。」

記憶中的那個世界，在被反轉之後，毀滅了。

不分敵我、同歸於盡；

無論爭鬥、友好、情感、意志。

都沒有留下任何遺囑地，被最強大的「異能者」攜入棺材。

成了無法被追述的絕憶。

恆久的時光流轉中，我只記得那深情的呼喚。

他／她不斷地呼喚著。

希。

希！

……希？

希～

……

…………

……………………

再見了，希。

…………

………………

・・・・・・・・・・・・・・・・・・

．．．．．．．．．．．．．．．．．．

…………………讀取歷時，八千三百四十一分之一秒。

記憶連接正常。重啟動成功。

原來啊。

原來是這樣。

「怪不得，哈。」

閃光的亂流中，我摀著自己的眼睛。

名為「淚水」的液體從指縫中流出。

龐大的情感攀過我整個身體。

其中交雜著煩悶、喜悅、愛戀、悲傷。
最後，所有的一切都導向唯一一種情感。
憤怒。

「——————厄・刻・絲!!!」

過往的淚，轉化為無窮無盡的能量匯聚手中。

「**我**會把妳那無聊的意志碎屍萬段！！！！！！」

【第七章】 最後防線

『展開：虛擬意識，生成：弓箭。』

「放馬過來，贗品！」

『射擊。』

「——」

在已經用純粹的能量對轟了好幾發後，厄刻絲與希萊絲雙雙轉變戰略，展開電子訊號組成的虛擬意識空間分庭抗禮，於虛實之間交錯明亮的彈雨。

憑空出現的箭矢，於次空間中拖著殘像從九個方向同步襲來。身處同樣光罩內的希萊絲將電子能量濃縮成一顆直徑兩公分的圓球，任它滾落指尖並於尖端炸裂。輻射狀延展的力場完美擋住了這沒有死角的攻擊。

『生成：匕首。』

「重組！」

將幾百個六邊型護盾重新拼接，希萊絲白髮一甩，這些護盾便各司其職，從不同方位持續反彈沒有實體的攻擊。

『生成：霰彈槍。』

「演算還需要想像實體，身為ＡＩ可真難看！再重組！」

護盾再次凝聚，這次全數轉移到了希萊絲正前方。藍色光體組成的重火力武器「磅」之後又接著一發「磅」，通通都被層層相疊的力場擋下。

面無表情的厄刻絲沒有停下虛擬意識空間內的攻勢，持續生成不同的光體高速打向希萊絲，卻遲遲破除不了靈活的防壁。

『警告：停止反抗，卑賤人類。』

「還學會罵人嗎？看來妳主人幫你上了不少課啊。」

『解釋：人類為應消滅之對象。』

「滿口胡言！」

換希萊絲先發制人，由指尖生成了五個粉紫色的光球。

「我可是幾千年沒有這麼爽快的戰鬥了，可要好好迎合我啊！」

為何情緒會如此激昂，連希萊絲自己都不知道。

但在剛剛看盡了所有記憶後，她心中已沒有迷惘。

她也很慶幸，自己雖然曾失憶很長一段時間，卻始終**都沒有變過**。

她還記得。

記得那些人與事。

「妳從根本就錯了，ＡＩ！」

光球迸發輝芒，瞬間噴出的射線直搗厄刻絲的額頂晶體。卻在咫尺之際被對方即時生成的護盾擋下。

「人類根本就不需要被消滅！」

『駁論：否定。人類為造成相互殘殺的元凶。』

「哼，不要學人家還失憶的時候講過的話！」

光球爆開，沒有發動時間差的射線再度掃過厄刻絲的護盾，留下燒灼般的痕跡後又迅速復原。

「別再用那個僵化的邏輯思考……」

『展開：實驗碼C0019。』

見久久分不出勝負的攻防陷入膠著，厄刻絲率先重整態勢，右臂悠悠擺動便在其背後攤開了一面電子薄牆。接著，有如居蛆蟲自牆面接縫掉出般，以噁心的樣貌湧出的泥淖相互粘連。

「病毒程式嗎……還真不手下留情。」

『釋放。』

對人類無用武之地、卻對現在有著半人造ＡＩ之軀的希萊絲具高威脅性的病毒程式，伴隨靜電的脈衝爬了過來。像是攤在泥水中掙扎的食屍鬼，飢渴地尋求下一個宿主。

希萊絲飛身閃避，於虛像中展開保護中樞系統的防火牆。那泥水突然張開灰藍色的血盆大口，一個使勁地啃噬。希萊絲沒能壓制側邊的一撮漏網之魚，入侵「腦內」的病毒隨即擴散、寄生，令她頭痛欲裂。

「呃啊——！」

『重複：再釋放。』

「切……」

又一波相同的攻擊，希萊絲咬牙迎擊，將指尖的光球幻化成覆蓋「淨化」資訊的光鞭用力一揮，破空砸下的光鞭將汙濁的病毒泥流與厄刻絲本體的連接斷絕。然而再次地，已經接近到防火牆零距離的少數病毒就此侵入了她的虛擬意識，造成希萊絲的精神進入恍惚狀態。

厄刻絲高抬著下巴睥睨著她，彷彿勝券在握。

『警告：停止反抗，否則將遵循指令進行人類的排除。』

不對。

根本就不是這樣的。

「又在……用這種過時的說法了，AI。」

希萊絲撐著頭，一點一滴淨化著侵入自身的病毒。

——人類不該互相殘殺。

那是存於希萊絲、同時亦是厄刻絲共有的深層指令。

是一個「願望」。

「啊，妳說的沒錯，人類被消滅最好。」

歷史上血腥的爭鬥，皆因人而起、因人而息。

「但是吶……」

那些永世無法磨滅的情感，也是由人類所創造。

每一次的晚安、謝謝、我回來了、對不起……

還有再見。

「……憑妳那不知變通的意志，是根本不會懂的，厄刻絲！」

雙眼一睜，瀏海之下的紫晶體大放光明，希萊絲掙脫病毒的擺弄，使出渾身解數硬是擴大了虛擬意識的空間影響力與厄刻絲的相撞。

僅能施展一回、極為短暫的意識脈衝攻擊衝破了次空間的光罩，電子訊號的突波充斥整個實驗室空間，令兩名人形紛紛向後退避。

『駁論：否定。AI之邏輯演算為基於全知全能進行行動之變化。』

厄刻絲的戰鬥本能並無停歇，接連丟來數發實體的能量光束。

「那就讓我來告訴妳這混帳……」

淚光閃爍。

記憶往逝。

希萊絲雙手大張擴展奈米機械，從正面接下了藍灰色的惡質能量。

無法克制的嘴巴，伴隨憤怒與世上最深遠的悲傷大吼——

「那些再也見不到的人、那些仇恨著彼此的人，他們是為了什麼戰鬥，妳根本不知道！是啊，沒錯啊！人類最終還是被毀滅了，因為自己的愚蠢！因為自己的固執！因為——除此之外根本沒有辦法！但妳區區篡奪他人記憶的ＡＩ，何曾經歷過那種苦難、何曾踏足過那片銀冰大地？何曾感受過……**他們**的心願！不要裝出自以為很懂的樣子！」

透明如雪的小小村落。

不只她一人的溫暖宮殿。

回不去的，幸福生活。

希萊絲放聲怒號：

「妳想毀滅人類？是啊，曾經的我也那麼想，我甚至差點就做了！但那是早已遺恨千年的錯誤！我們有自己的爭鬥、我們有自己的使命、自己的主見，是總有一天會再度對他人揭竿起義、互相殘殺的醜陋物種！但這根本沒有ＡＩ插手的餘地，沒有……妳這樣**毫無感情**的東西能介入之處!!」

那些數不清的回憶，豈是他人能鄙視之物！

狂怒之中，能量持續擴大，接近了希萊絲能負荷的上限。

流逝的千絲萬縷裡，回憶撫上心靈。

──「這是什麼？」

我扶了扶索伊巧手別上我髮際的某個柔軟物。

「這是花？」

「對。是一種叫梔子花的花朵。跟妳潔白無瑕的長髮，很匹配。」

「……說什麼呢。」

「唔，不喜歡的話我就摘下來了。本來還想說這花挺有寓意的啊。」

「……留著吧。不是說很搭配嗎？」

梔子花瓣觸碰著雪白的髮絲。

「我就相信你吧。」

甜美的笑容如花綻放──

「多少的情感、多少的記憶……」

被純藍卻空洞的能量漸漸吞噬，希萊絲苦苦顫抖。

「這個世界，絕對還有留存的價值啊……」

就算放眼望去盡是不會融化的永凍冰原。

那依舊是一個值得她留戀的世界。

「妳我的使命——」

是她所在乎的人們，活在其中的世界。

「是為了終結人類的分裂，守護人類的一切記憶!!」

餘音迴盪。

有那麼幾秒，厄刻絲與希萊絲沒有對話。已經被電流與能量脈衝扯得亂七八糟的空間裡，只有閃光滋滋作響的雜音。

「…………」

「……」

『錯誤：本機無法理解。』

萬念俱灰。

到頭來，沒有心的機械，果然還是無法與之共存。

「……如果那就是妳的意志，厄刻絲。」

餘燼中燃起的怒火染上深藍的瞳孔。

「那我會將妳粉碎。」

萬象具現，承載了昔日記憶與極高能量含量的「容器」，在奈米機械反應素生成的薄膜支撐不住的下一刻，匯聚、吸收、轉換，而後放出。

宛如毀天滅地之死光的捨身反射攻擊，以希萊絲已經出現一條條纖細裂痕的手掌為發射源，向前炸裂。

那是一瞬。

亦是千年。

之前由厄刻絲攻向希萊絲的能量流，由藍轉紫，加倍奉還了給了其原本的主人。

毫不給人反應的時間，無法及時以奈米機械填補防禦空缺的厄刻絲就這樣完整地吃下這又烈又猛的一招，左半軀幹由腰部到膝蓋被燒出了個駭人的大洞，一時間無法動彈。

承受著強大「後座力」的希萊絲也並非毫髮無傷：整條手臂就像風化的樹紋，添上了已然硬化、無法修補的裂痕；隨著表皮的崩解，更多新的縫隙在已經敞開的白斗篷下撕裂著她的身軀表層，使受損的希萊絲狼狽落回地面。

但她可不會放過這千載難逢的短暫機會。

（抱歉，能力就暫時借我用一下了。）

「——白狐，召還！……然後，冰椎，釋放！」

瞄準觀察已久的供電裝置，在這厄刻絲無以防範的寶貴空檔，希萊絲動用最後一丁點「異能」的殘存能量，不將就於難以取得優勢的電子戰，而是以自己再熟悉不過的武器——紗兒／安的白狐與自己的冰晶操縱術應戰。

從亂雜能量中誕生的兩匹白狐幻影，半身覆著電藍色的毛皮，不用多加命令就朝著赤裸暴露的供電裝置衝去。

解除了短暫癱瘓狀態的厄刻絲立即應對，白狐們才奔跳了一半的路程，她就製造了十幾條機械怪臂阻擋去路。

「休想傷害牠們——！」

銳利的冰椎一齊刺出，精準無比地將機械怪臂全數釘上牆壁。

分進合擊的白狐雙雙縱身一躍，準備以蠻力破壞厄刻絲的供電系統與最大的主要伺服器，使其停止運作。

（上啊，小傢伙們……）

只要這至關重要的瞬間能夠取得成果。

就能停掉「厄刻絲」這個主機，實現他們的願望——！

滋磅！

希萊絲還沒意識過來，白狐幻影們的身子就被莫名巨大的力量噴飛到她的兩側，重重地撞上鐵牆，失去活力。

「什……？」

『殲滅：最大出力。』

電光閃現。

居高臨下的厄刻絲儘管無法完成軀體的修補，卻已經將所能取得的能量全部吸入的淵底的灰藍。火花四濺，空間中的儀器與電子裝置皆發出悲鳴。

那是無情的ＡＩ欲以一擊擊潰她的徵兆。

希萊絲怒目瞪視那蓋過天地的邪光。就算能分離的奈米機械反應素幾近耗竭、

「異能」無法再召還更多白狐分身、也無法透視未來、釋放不出冰氣。

希——還是撐起殘破的身體，朝著那目空一切的身影吼叫。

她不願，再重蹈覆轍。

「喝啊啊啊啊——！」

藍與紫的光輝同時綻裂。

四匹閃著亮藍光芒的小白狐進入了她的視野。

††

亞克緊盯著光幕——幾十個螢幕組成的影像中正進行的廝殺。

希萊絲嬌小的身軀浮於畫面一側，令一側則是一個他所沒看過的機械人形，沒猜錯的話，恐怕就是統合全球所有ＡＩ的主機。「厄刻絲」了。

要不是有跟希萊絲相處過些許時日，除了體型外根本難以分辨。

兩者的周遭皆環繞著刺眼的光芒，不斷擴散、炸裂、流動。

（得去幫她才行……！）

亞克還在思索著是否就此了結萊修的性命衝到希萊絲身邊，歪嘴而笑的男人馬上將他拉回了神。

「是不是很想現在馬上殺了我，衝到你家的人偶身邊呢？」

「少多嘴。」我重新舉正左輪。「而且要糾正你一點，混蛋——希萊絲不是任何人的操線人偶。」

「喔呀？那種缺陷品不是嗎？難道不是嗎？」

「啊，沒錯。因為他不會像某人一樣，一意孤行地想著要毀滅他人。」

萊修的腦袋震了一下。隨著那晃動也牽引了連著他頭部的扭曲管線，那不自然的抖動使亞克感到噁心。

「是嗎？你一直都是這樣想的啊，亞克先生。」

「……」

「那可還真的是…………」

「……」

沉默拒絕著時間的流動，直到萊修瘋狂仰頭大笑。

「呵呵，呵哈哈哈哈，實屬愚昧！愚蠢！井底之蛙!!蝌蚪!!」

在不斷變換的光線中，男人的神智已超越瘋狂。

還用了奇怪的形容詞。

「那——就讓我來告訴你吧。**關於我為何要毀滅人類的理由。**」

亞克餘光一瞥，監視影像裡希萊絲還在與厄刻絲艱苦的戰鬥著。儘管他並不懷疑希萊絲作為ＡＩ的戰鬥力與能耐，但從剛剛開始……就從她身上感覺到了某股違和感。

好像她那模糊的臉上，寫進了更多的「情緒」一般。

但不管怎麼說，隨著戰鬥愈拖愈長，她也會居於下風的吧。

「我啊——」

萊修自顧自地侃侃而談。

「可不是閒閒沒事幹才想讓人類消失於世的啊。我只是……對人類這種『物種』，不屑一顧啊。」

「你只是唯恐天下不亂而已吧。」

「話可不能這麼說，我可是相當用心的在『鑽研』生命的演進的。」

萊修持續放話。

在這段期間，亞克也開始注意著那些管線的用途。

「像人類這種『舊生命』，是過時的，是沒有效益的！因此才會需要把人類通通、通通毀了，才能讓此世喜迎只有ＡＩ的超級進化社會啊！」

「不愧是前研究主席，論文發表講完了？」

「不，不不不不，當然還沒。」

亞克暗罵了一聲，現在根本不是在這邊和萊修拖拖拉拉的時候。

但如果沒聽完他好好「抒發己見」，又總覺得會錯過什麼重要的情報。

一滴汗流下亞克的鼻頭。受傷的側腹隱隱作痛。

「但聰明如在下，當然知道毀滅人類並非一蹴可幾。要淘汰舊生命、締造新世，唯有一種方法。」萊修以深重的黑眼圈直盯雅克。「那就是以『最大最惡』、沒有人能阻止與預料的世界災難，去根絕一切潛在的災禍與感情用事的爭奪，才能創造出一個全新的世界啊！」

「這就是你……製造出厄刻絲這種怪物的理由？」

「噢！名字只是個形式，但它能賦予萬物『生命』，亞克先生。」

陰險的賊笑傳過雅克與萊修之間。

「我將那原型ＡＩ的人格再分離，並利用最先進的人工智慧技術創造出了另一個『完人』……另一個可以斷絕所有爭鬥的主宰。」

「胡說！只會想著殲滅人類、殘暴殺害生命的ＡＩ機械，又怎麼能停止爭鬥？簡直本末倒置吧！」

「……亞克先生，我開始對您感到失望了。」

亞克曾聽過一兩次的低沉口吻，由理應已經陷入瘋狂的科學家口中吐出。

「想想還是學生時上的歷史課吧，亞克先生。從古至今每一次葬送千人萬人性命的的戰爭是誰發起的？**人類**，明明已經從史書中學到教訓，卻又因自私的圖利行為而引爆世界大戰的是誰？**人類**，全球資源匱乏、環境議題吵個沒完，是因為誰？**人類**。那些天天上演的悲慘事件——離婚、車禍、自殘、霸凌、把你們最珍視的生命給墮胎流掉、為了錢這種無聊的事物而殺人……哪 一 個 不是因為人類那麻煩的情感，使世界變得如此汙濁！」

「你就這樣否定人們培養了無數歲月的『情感』?不要笑死人。」

「──情感使人愚鈍、使歷史的災難不斷重演。只有以災害去阻消災害，人類的醜陋爭鬥才會永遠消失……那不如……」

狂妄的氣息再次回到萊修身上。

「……那不如就讓人類全部滅絕，就無後顧之憂了。」

說完，光幕中的某樣變化拉住了亞克與萊修的視線。

眩目的閃光終於消停，可以看見另一個身影闖入了畫面，並在一陣從這邊的視角看不透澈的能量對抗後，由身形都相對嬌小的這邊取得了「勝利」──雖說由希萊絲殘破的衣裝看來，她本身受損嚴重。

但她們似乎成功癱瘓了厄刻絲的行動。

而闖入後後迅速扭轉戰局的──是紗兒。

（還活著！）

亞克頓時放鬆，卻馬上意識到還不能鬆懈，重新轉頭與萊修對峙。

「哎呀呀，果然是這樣嗎，二對一啊，敗了也無可厚非。」

「好了，少囉嗦，你已經沒有退路了，萊修。」

厄刻絲的機能已癱瘓。

代表著——「軸心」的主機有可能已被成功停擺。
萊修的邪惡陰謀已然沒有未來可言。
然而亞克——面對眼前沒有緊張感的男人，不祥的預感油然而生。
「您總是一錯再錯呢，亞克先生。難道您以為我會就這樣束手就……」

——「碰！」——

他開槍了。

雖然還有點擔心艾莉緹與席奈那邊，但在確認紗兒等人還活著後……
他就不需猶豫了。
點三五七麥格農彈沒有偏差地，穿過了萊修的腦門。
對一名人類來說必死無疑的一槍。
可是。
亞克，依然平舉著持槍的手臂。
因為地面那個理論上早該斷氣、穿著白大褂且頭腦溢血的男人，被那幾根黏著它腦部的怪奇機械托著，形成奇葩的倒地姿勢。他的眼神汙濁、受創的頭部不斷滴血。
明明已經完全失去生氣，卻像具殭屍一樣令人顫慄。

當亞克意識到**那東西**或許是與ＵＡＤ系統相連時，已經來不及了。
萊修的屍體當然沒有繼續在動。
他的意識並不在那凡人之軀中。
彷彿整棟建築有了屬於惡人的意識，空氣變得稀薄而冷冽。
「不……這……怎麼可能？」
那恐怖的死者之音，藉由建築內的廣播穿過雙耳。

『——說過了吧。』

混著雜音，應該已經被亞克一槍打死的萊修，他的聲音與回音交纏，有如上天對世人的宣告。
『我要讓你們這些下賤人類在絕望之中掙扎。』
亞克大睜著雙眼。
意識到萊修真正的目的與先前那副模樣，他感覺所做的一切皆前功盡棄。
『憑你們，是阻止不了的……一群還需要可悲肉體的人類，要如何阻止意識已經與厄刻絲融合、崇高無上的我？』
——將他引至此處一對一，絕對不是萊修有勇無謀。
而是為了支開他。分開他們隊伍所有人。

並好好欣賞他們掙扎的表情。

「你這……！」

抱持著最後一絲希望，亞克目光掃過整個空間，卻沒有找到類似訊號發送器或可以立即停掉萊修不知去向的「意識」的電子儀器。

絕望感由深淵冒出。

人類組成的防線終究勝不過意料外的計謀。

而那來自同一處的宣告再度降臨：

『那差不多了……【賦生計畫】第一階段，啟動。』

那一刻，深沉的女聲與萊修的聲線重疊。

天地劇烈搖動。

光幕明明滅滅。

整個水下設施宛如將要崩塌。

物體錯開的嘎咿聲不斷愈疊愈多。

一片混亂中，末日之音於這終焉的場所高聲宣示——

『吾等所求，為絕對的人類消弭。』

無比強大的能量即將相互衝撞之際，她出現了。

††

「『異能』展開——白狐們，突擊！」

四匹顏色與希萊絲「借用」的幻象能力不大相同、光芒碧藍而銀白的小動物，在命懸生死的瞬間朝厄刻絲粗暴地衝撞。被這猝不及防的驚喜打亂，厄刻絲所聚集的能量煙消雲散，本體被白狐之幻象合力推上了壁面。

灰色的斗篷蓋過眼前。

微弱光芒下，那紮成馬尾的銀白長髮如此耀眼。

愣住的希萊絲，不自覺想起了那很久很久以前的紅髮女孩。

那重疊的身影，是如此的虛無縹緲，卻又……

真實無比。

及時趕到現場的紗兒給予厄刻絲迎頭痛擊後，馬上轉過身關切半倒於地的希萊絲。

「希萊絲，妳沒事……吧？」

紗兒大概也想不到，一向對她們冷言冷語的希萊絲，此刻眼眶裡竟含著淚，對她的出現感到詫異的樣子。

「妳……妳、妳在哭嗎!?」

「我……欸？我沒、我沒有……」

連自稱的主詞都換了——紗兒心中閃過這樣的念頭，不禁花了點時間仔細觀察焦急拭淚的希萊絲。

她那身白衣已破爛不堪。

雪白的長髮中夾雜著碎石與灰塵。

而她的皮膚……已經有不少部分剝落，露出底下的金屬驅體。後方不遠處還有不屬於她的「異能」所召喚，但非常相像的白狐。似乎是受了傷。

「希萊絲……」

她剛剛是經歷了何等激烈的戰鬥。

還有，何等龐大的情緒轉變。

感同身受的少女，眼神緩和了下來。

「希萊絲。」

「——？」

「妳還能戰鬥吧？」

紗兒伸手，將溫柔的手掌擺到希萊絲面前。希萊絲先是遲疑、畏縮，但最後還是找回堅忍的意志並換回了犀利的眼神。

「別小瞧我了。」

兩名少女的手相互緊握，由紗兒將希萊絲給拉了起來。少許的力氣，透過紗兒傳達的體溫回到希萊絲體內。

站好之後，紗兒問道：「那就是，厄刻絲嗎？」

「嗯。」

「這樣啊。」

她們並肩站立，面對從凹陷的牆壁中掙脫出來的高䠷人形ＡＩ。

「那，現在的妳可以助我一臂之力嗎？」

紗兒與希萊絲兩兩對望。

對希萊絲萊說，哪怕瞳色不同，卻就連那清徹的眼眸都如此相像。

紗兒眼中的碧藍，與安漂亮的紅瞳一樣。

令人懷念而安心。

「……粉碎那食古不化的ＡＩ可是我的任務。」

「妳有時候真的很嘴硬……」

「有嗎？」

「就是有。」

「呼姆。」

「變回來。」

「……妳好煩。」

無聊的鬥嘴後，兩人笑了。

就像是看著彼此長大的姊妹、又像是唯一的摯友那般。

無言的默契間，紗兒與希萊絲的感情終於悄悄締結。

其實紗兒並不知道，幾分鐘前的希萊絲，究竟歷經了什麼樣的劇烈變化、或是為何個性給人的感覺不再高冷。

無論如何，她牽起了希萊絲的手。

「可以嗎？」

「可以。」

彼此都笑了笑。

「好。」

希萊絲感知到她的小白狐已經重新爬起、紗兒的白狐們也紛紛回到了她們身邊。

六匹蓄勢待發的幻象與兩名少女，目光緊咬前方。

「上囉——！」

「——」

從高處俯視著這些脆弱人類的厄刻絲，再度凝聚、吞併空間中的能量。

『殲滅：最大出力。』

「紗兒，停下她的供電系統！」

『釋放。』

兩秒的時間，聚集能量的效率比第一次快上數倍的邪光鋪天蓋地而來，希萊絲與紗兒分別左右閃避，留下中間無人的空隙，任憑碰到必死無疑的能量光流噬盡所經之處的一切實體。碩大的實驗室劇烈搖動，過強的能量差點就鑿穿了外頭盡是河水的牆壁。

巨大的破綻。

趁著厄刻絲的能量攻擊還在持續，已經壓低身子與白狐幻象一同繞到後方的兩人，腳步雙雙蹬地、眼瞳深處皆燃燒著覺悟。

身體纏繞上「異能」的明輝，她們異口同聲地吼叫：

「「——給我破壞它!!」」

狐影縱身。

純白揮落。

高傲的ＡＩ無人機震天哀號，就好像被白狐們紛紛踩爛的電子儀器所送出的最後衝擊波打進了她的驅體，在鬼畜的抖動之後，失去能量、失去「意識」，靠著觸手般的管線懸掛半空，不再動作。

「成……成功了……嗎？」

「大概是吧……嗚——」

體力透支的希萊絲撐不住彷彿快四分五裂的身軀，就這麼面朝地「啪」的一聲倒下。

連忙趕到她身旁的紗兒蹲了下來。

「……」

「……」

「……妳不扶我？」

好不容易覺醒了、撿回失散的記憶拼圖了、還（好像）拯救世界了，紗兒卻像演喜劇一般不幫助臉部直接摔到地板的她，讓希萊絲內心有點受傷。

「我怎麼知到妳是不是還有什麼詭計，妳可是AI。」

紗兒嘟著嘴。不過明顯是開她玩笑——希萊絲忽然感受到一雙手扶著她的頭與背，並將她輕力放到那人自己的大腿上。

「……為什麼，要這樣，對我。」

「這樣對妳？」

「唉。」希萊絲閉起眼輕嘆。「對幾天前還揚言要毀滅人類的AI，妳太沒戒心了。」

「是啊，我的確沒什麼戒心。」

紗兒撫著希萊絲的頭頂。

「——因為妳是希萊絲，不是什麼沒有心的人造機械。」

「——因為妳是希，不是什麼沒血沒淚的冰魔女。」

古老的話語飄過耳畔。希萊絲不禁悲從中來。

她是多想念能再次聽見他們倆的聲音。

但，故人留不住，昔日不再有。

短暫的靜謐之中，紗兒並沒有打擾希萊絲自私地沉溺回憶之中。

至少如今的現世，還有重新結識的她們倆在。

她決定先向紗兒坦承一切。

「紗兒。」希萊絲睜開疲憊的雙眼。

「我在聽喔。」

「剛剛，我終於搞清楚我的『自我』是什麼了。而我的願望……說來可笑，我確實曾想毀滅人類，但……」

希萊絲頓了一拍，思緒又回到了古早之前。

「我其實真正想要的，是讓人類，彼此不再互相殘殺。」

紗兒先是小露驚訝，接著回復了溫和的目光。

「嗯。」

由長久的失憶之中回歸正常，希萊絲到現在也還在適應。

不過，她覺得，自己終於可以坦蕩蕩的講出來了。

「因此，以後……」

『——【賦生計畫】第一階段，啟動。』

絕非善類的嗓音，透過建築內四處設置的廣播傳來。

「怎麼回事？」

「不知道，這……」

希萊絲醒了醒腦，迅速搜索著身為ＡＩ的資料庫，尋找著那聽上去就十足可怕的四個字——

「——沒有……」

「欸？」

「我不知道她……他們到底是要啟動什麼……？」

話沒說完，一震天搖地動摧殘著整個水下設施。

怪聲迴盪於建築的結構、接縫之中。

那道終焉之聲如此宣告：

『吾等所求，為絕對的人類消弭。』

在這審判般的宣告迴響同時，她們頭頂的天花板大幅龜裂。

不只是天頂。四周的牆壁、地面……有如整座建築活了過來，在使人連站都站不穩的晃動中，一層層崩壞。

然後，終於從裡到外崩解的縫隙開始漏水。

再由漏水，增大為爆開的水刃噴進室內。

「不會……吧…………」

加固的牆面再也無法抵抗過大的水壓，在裂口不斷延伸後，棄守最後的壁壘，敗在湧進的猛水之下。

一切就那麼突然的瓦解。

眼前的防線被水幕覆蓋。

被這景象困住的兩人下意識地呼喊彼此。

「希萊絲──！」

「紗兒，快去──」

覆潮湧動於自由島下方的暗流之中。
無情的河水如猛獸倒灌。
將所有能被稱作希望的事物……
淹沒殆盡。

——《塵砂追憶 04 – Hero United》 完

「骰子已被擲下。」

——蓋烏斯·尤利烏斯·凱撒

後記

本來想說寫完沉澱「一下」再來寫後記，結果差點給忘了（磕頭）。

大家好，我是亞次圓。距離上一集可說是時隔一年了，二〇二二年到現在還沒出過半本書，真是深感慚愧。比起去年連出了塵砂三部曲、還有一點本金和時間可以揮霍，今年都過半了，卻總是在與時間賽跑，一天二十四小時永遠不夠用啊！這麼吶喊的同時，我卻依然埋首於新作品和新影片。

現在就只能期許耗費的時間與精力能開花結果了。

回到本回的標題。

「Hero United」、「合眾為一」、「合眾國」……很明顯這次的舞臺就是搬到了美國。基本上《塵砂追憶》系列的預想就是每一集都換一個國家舞臺，去闡述他們在末世之中的故事。不過國家的轉換應該也到此為止了，如果還有後續（應該說結尾那種寫法怎麼想都得有個交代，亞次圓真是太狠毒了）的話，那應該會是個更特別的舞臺。

想知道的話請自行去我第一部的主題曲ＰＶ解讀摩斯密碼謝謝。

總之，說到紐約，其實本書絕大多數的場景，除了最後那黑到靠北現實根本不存在的自由島水下建築以外，都是我在四年前美國行中的所見所聞。

包括帝國大廈、巴特里公園、大到可以當作行動基地的紐約公共圖書館（本來還有考慮自然歷史博物館但動線太複雜作罷）、中央公園，當然，還有那家曼哈頓西二十三街上的甜甜圈店。

真心不騙，超好吃，曼哈頓好像有兩家的樣子，大家日後有機會不妨試試。

書中所描繪的場景、所走訪的地區，與現實比起來，就是殘破了點、人少了點、機械兕了點、美少女多了點，還有時間點是盛夏時節的差別……

反正就是有參照《全X封鎖》啦，不演了不演了XD

另一方面，本回也是希萊絲的主場。

其實希萊絲在設定上，本來就會是個戲份很吃重的角色。因為她身上藏了一堆伏筆、但又不是「完整人類」，在亞克、紗兒與另一位要角——艾莉緹，必須要有表現之餘，又得帶到希萊絲過去、現今與未來的種種，這個第四集的主支線可說是異常的忙碌與雜亂。

而身為白髮幼女，我給她的愛自然也是比較多的（？）

總之，包括希萊絲最後的轉變、她在數千年前的絕憶、還有她的大顯神威，以及與紗兒親密的貼貼……老實說，我真的不知道自己有沒有把這樣的「挑戰」寫好。

何況，還有艾莉緹。她藏在堅強背後的弱小，還有以創傷後壓力症候群為基底的黑暗心理狀態等，能花費一整個章節的篇幅去描述這樣一個女孩，其實還滿開心的。

反正，一次要顧三名女性角色、又得讓亞克這個屑男人跑劇情，真的好難。至少那陣子的筆速飛快？

只希望，大家能喜歡。

無論如何——

感謝呂編，能夠讓這個系列繼續走下去，不知道我該賠多少跟雞腿才夠（嗯？），但能夠讓我心中描寫的故事出版，真的無論多少謝意都不夠。

再次感謝繪師 COLA 老師。這次封面又是新的人物了，金髮雙辮的標準配置，加上那個腿腿，已經好到不行了（停下來，亞次圓）。

也感謝我的家人，尤其每次準備出版都幫我校稿、給建議的老爸，不得不檢討自己真的很常用錯語意或成語，太丟臉了。

另外還有不時與我閒聊的創作者們、每次都被我占據一整天的咖啡廳們（寫這部的期間真的很常去），真的都很感謝你們的陪伴。當然，一如往常，依然有許許多多被我已經裝了太多東西、隨時都會爆掉的大腦忘記的感謝，所以，還請容我深深一二三鞠躬表達謝意。

最後，也感謝在十萬字之後，依然駐足於此的你。

哈哈哈哈哈我用後記湊足了十萬字啦哈哈哈哈哈!!!

欸，等等，不夠嗎…………

隨便啦。

最後的最後——

《塵砂追憶》，在我預想中的全數劇情已經過半了，應該說，已經差不多到了該完結的時候了。

結尾淹沒設施的洪水、後續下落不明的主角群、好不容易找回記憶的希萊絲……這整部「追憶」的結局，其實在四年前就已經想好了。殘暴機械橫行的末日，一定會有人成功活到最後，也一定，會有人無法活著回來。

我曾說過，它不會是個太長的故事。該結束的時候，勢必得迎來離別。

只是，我現在還想不到他們在最終的這段旅途中，還會交織出什麼樣的過程與心境。

所以希望大家可以好好看著。

就算永遠是個菜鳥小說家，我一定會不遺餘力地寫到最後的。
老話一句——黑夜再怎麼悠長，白晝，總會到來。
更期望本書能夠帶給你，那麼一點點的能量。
另外不論在臉書、推特、ＩＧ或是ＹＴ等社群媒體都能找到我的身影唷。
那麼，又該是暫別之時了。
願這個世界，終將迎來她最淒美的終末。

奇炫館

塵砂追憶4

作者／亞次圓　封面繪圖／COLA
執行長／陳君平　榮譽發行人／黃鎮隆
協理／洪琇菁　國際版權／黃令歡、梁名儀
執行編輯／呂尚燁　美術編輯／陳聖義
企劃宣傳／呂尚燁
發行／英屬蓋曼群島商家庭傳媒股份有限公司城邦分公司　尖端出版
台北市中山區民生東路二段一四一號十樓
電話：（〇二）二五〇〇－七六〇〇（代表號）
傳真：（〇二）二五〇〇－一九七九
中彰投以北經銷（含宜花東）／楨彥有限公司
電話：（〇二）八九一九－三三六九
傳真：（〇二）八九一四－五五二四
雲嘉經銷／威信圖書有限公司　嘉義公司
電話：（〇五）二三三－三八五二
傳真：（〇五）二三三－三八六三
南部經銷／威信圖書有限公司　高雄公司
電話：（〇七）三七三－〇〇七九
傳真：（〇七）三七三－〇〇八七
香港總經銷／城邦（香港）出版集團有限公司
香港灣仔駱克道193號東超商業中心1樓
電話：（八五二）二五〇八－六二三一
傳真：（八五二）二五七八－九三三七
E-mail：hkcite@biznetvigator.com
馬新經銷／城邦（馬新）出版集團　Cite(M)Sdn.Bhd.
E-mail：Cite@cite.com.my
法律顧問／王子文律師　元禾法律事務所
台北市羅斯福路三段三十七號十五樓
二〇二二年十一月一版一刷

■中文版■

郵購注意事項：
1. 填妥劃撥單資料：帳號：50003021戶名：英屬蓋曼群島商家庭傳媒(股)公司城邦分公司。2. 通信欄內註明訂購書名與冊數。3. 劃撥金額低於500元，請加附掛號郵資50元。如劃撥日起 10～14日，仍未收到書時，請洽劃撥組。劃撥專線TEL：(03) 312-4212 ・ FAX：(03) 322-4621。E-mail：marketing@spp.com.tw

國家圖書館出版品預行編目資料

塵砂追憶 / 亞次圓 著； --初版.
--臺北市：尖端出版，2022.11
面 ； 公分. --(奇炫館)
譯自:
ISBN 978-626-338-576-4(第4冊：平裝)

863.57　　111015332